魏晉詩歌的審美觀照

◆◆◆

王力堅

◆◆◆

airiti press

目　錄

緒言 1
　　「唯美」概念的辨析・藝術與人生・藝術形式美・藝術的目的性・具體研究中必須遵循的兩個原則

上編　詩賦欲麗 11
　　建安是中國古代文學史中的一個重要階段・群彥蔚起，五言騰踴・文學理論與批評空前興盛

第一章　自我的發現與文學的自覺 13
　　一　自然生命意識的覺醒 13
　　　　文人們的帝國夢破滅了・憂生懼死、依戀人生的自然生命意識・立足點轉移到以個體生命意識為本位

　　二　「經國」與「不朽」 17
　　　　文學成就與政治成就分立的見解・重心是「不朽」而非「經國」・鑒賞人的風氣在漢末蔚然成風・個性與風格

　　三　美：文學自覺的關鍵 24
　　　　「麗」——文學質的規定性・驚采絕豔的楚辭・侈麗宏衍的漢賦・建安文學之麗，滲化了文人的個體生命意識

i

第二章　詩歌的唯美探索 27

一　詩風的嬗變 27
曹丕曹植逐漸取代曹操而居文壇領導地位・華美的主體詩風・底蘊與外化以悲為美

二　宴飲遊樂與遷逝哀痛 31
宴飲遊樂為時尚風氣・借宴飲遊樂來消釋遷逝哀痛・在弦歌酒色的描寫中，融注著悲涼哀怨之情

三　男女情思：傳統的張揚 34
一個源遠流長的傳統・曹丕〈燕歌行〉是描寫思婦的名作・一種相思，兩處閒愁・傾情、傾度、傾色、傾聲

第三章　女色遊娛之風的審美表現 41

一　女色：禁區的突破 41
人當道情・便娟婉約與風流自賞・美眸流盼，光彩頓生・婦人者，自宜以色為主

二　遊娛：暢此千秋情 48
抓住有限的人生盡情享樂・貴族生活的特殊性・生命在審美體驗中延長・綺辭麗藻中蘊含著文士情韻

三　唯美詩潮的第一簇浪花 55
崇麗尚美，表明對詩歌藝術的自覺追求・推崇與抨擊・並沒有走上追求純形式美的道路・光輝的起點

中編　玄思孕美 61

正始是文學較沉寂的時代，也正是玄學興起並迅速達到鼎盛的時代。虛玄流正始之音

第一章　自然之道與白賁之美 63

一　萬有獨化與山水之遊 63

「道」化生萬物而體現於萬物之中。個體生命意識得到哲理的確認與昇華。天下多故，名士少有全者。遊山水悟玄機，融妙理於自然

二　遊仙・隱逸・審美 69

方外之遊，只是縱心大化的自然延伸。仙境與山水相混。自然無為的思想，昇華為審美的追求。以白為飾。「賁卦」的美學觀

三　白賁之美的哲學基礎 76

「無色」即無限的「色」，它具有一切潛在的無限的可能性。原自然之道，達自然之美。自然神麗即「白賁之美」的最高審美境界

第二章　聖人之情與清和之境 83

一　理想人格的楷模 83

何晏與王弼的分歧。順應自然之性而暢情。以恬淡醇和為特徵的「醇美」。反以悲為美

魏晉詩歌的審美觀照

二　以「和」為美 88
　　與天和者謂之天樂・「和」的觀念進入純形式的領域・以「和」為美的邏輯思維軌跡・「清」的涵義

三　清和之境 94
　　「清和」非「中和」・體物而得神・寧靜的直觀審美・正始名士的矛盾・理想色彩和形而上的虛幻性

第三章　言意之辨與隱秀之象 101

一　言・象・意 101
　　正始玄學的一個重要論題・言―象―意的認識鏈條・對「象」的強調，將玄學的哲理思辨導向了文學的形象思維・「隱秀」說與玄學

二　飛鳥形象的意蘊 108
　　對「比興」傳統的突破・詩人自我形象的化身・不同的象徵意義・大鳥與小雀・綢繆樂和與孤寂情懷

三　玄思與意象 114
　　著力把詩寫得意蘊遙深、空靈淵放・寫實主義讓位於象徵和抒情・將「得意忘言」的玄學命題導入詩中

下編　緣情綺靡 125

西晉，詩歌創作再一次掀起高潮・對美的追求也更為自覺・陸機綱領性的詩歌主張，涵括了形式與內容並舉兼美的要求

第一章　晉氏之風　本之魏焉 127

一　社會背景之比較 128
輝煌之後走向混亂‧正反兩方面刺激了文人的心態與創作‧充滿個體審美意識的悲情抒發再次蔚然成風‧文人集團與文學繁榮

二　文學特質的探究 132
「緣情」說的重要意義在於強調「綺靡」‧全然採用了審美的態度‧強烈的審美意識，已經浸淫到非文學體裁之中

三　文學理論的超越 139
創作構思與形式技巧的深入探討‧對「象」的重視‧陸雲多次請陸機為其作品「潤色」‧追求情思與形式相稱諧美‧力主「新綺」

第二章　詩緣情而綺靡 147

一　感性命之不永　懼凋落之無期 147
悲時歎逝，是西晉文學明顯的主題‧景候化遷引發人世無常之感慨‧陸平原多為死人自歎之言‧「天人合一」觀念的影響‧春女思‧秋士悲‧金谷傷春

二　兒女情多　風雲氣少 158
遊走奔競，產生了大量的遊子思婦詩‧以景寫情‧思婦情深，遊子意切‧潘岳悼亡詩的精粹

三　從容養餘日　取樂於桑榆 170
江湖山藪之思・「招隱」詩皆有「歸隱」之意・上巳春契，濯故潔新・在園林遊娛中實現棲遲之志

第三章　精慮造文　各競新麗 183

一　緟旨星稠　繁文綺合 183
西晉文人大都是才大學博者・對工語佳句的自覺追求・從根本上說，詩歌就是語言的藝術

二　巧構形似之言 190
「形似」是寫景狀物的突出表現・張協長於寫雨中之景・期窮形而盡相・婉麗清新，意蘊自在

三　擬古與創新 194
「擬之以為式」的目的・擬古志在創新・創新體現在兩個方面：表現手法與語言風格・不求「出意」而求「變詞」

結語 207
魏晉唯美詩歌功大於過・其「功」可概括為三點・唯美詩歌與文學自覺同步進行・最能體現文學自身發展的根本規律性

參考書目 211
中文書目 211
英文書目 216

緒　言

一

　　魏晉詩歌，歷來頗受重視，如曹操的樂府詩、阮籍的詠懷詩以及左思的詠史詩、陶潛的田園詩，長期是人們討論的熱點，換言之，人們所重視的主要是魏晉詩歌對社會人生的反映；其藝術形式上的「唯美」追求與表現，卻似乎甚少得到正視，更沒有得到深入系統的研究。[1]其實，「唯美」，是魏晉乃至整個六朝[2]頗為顯著而重要的文學現象。六朝駢文素來便有一代美文之稱，同屬一個文學大系統的六朝詩歌亦當如是觀；同理，作為六朝文學一部分的魏晉詩歌，亦應該有「唯美」之表現。因此，「魏晉唯美詩歌」作為一個專題來研究，是十分必要的和可行的。

　　確切地說，「唯美」之謂，是近代西學東漸後才出現的名詞。「唯美」即「唯美主義」，此概念來自西方的「Aestheticism」。

---

[1] 張仁青著有《六朝唯美文學》（臺北：文史哲出版社，1980）一書，全面論述六朝的唯美文學（包括詩、文、賦等），由於涉及面廣，對唯美詩歌的論析就相對不夠深入系統。
[2] 關於「六朝」，說法不一。本書所謂「六朝」，採用張仁青《六朝唯美文學》的說法，包括魏（含建安）、兩晉以及南北朝，即西元196至589，共約四百年。

法國《拉露斯百科全書》（1983年版）中的「唯美主義」條說：

1）十九世紀後期出現於英國的文學藝術傾向，是「為藝術而藝術」的反自然主義潮流的一個組成部分。
2）（貶義）一種將形式上的精美與技巧看得高於一切的藝術態度。[3]

《美國百科全書》（1985年版）中的「為藝術而藝術」條說：

「為藝術而藝術」是十九世紀的一批藝術家、作家、批評家共同提出的一個口號，這些藝術家、作家、批評家由此形成了一個旨在捍衛藝術獨立的運動，也就是唯美主義運動。[4]

由此可見，西方所謂「唯美主義」是產生於十九世紀後期的一場藝術獨立運動。它有較穩定的作家陣營，有共同的宗旨，有共同的創作傾向，還有較系統的理論批評。

反觀古代中國，雖然沒有一個可以與西方唯美主義運動相

---

[3] 引自趙澧、徐京安主編《唯美主義》（北京：中國人民大學出版社，1988），頁191。
[4] 同3，頁189。

比擬的「捍衛藝術獨立」的文學運動,但是,在這個古老詩國漫長的詩歌發展史中,卻不可置疑地存在著大量帶有不同程度唯美傾向的詩人、詩體、詩論。就魏晉時代而言,從曹植的「詩賦欲麗」(〈典論・論文〉),到陸機的「詩緣情而綺靡」(〈文賦〉),唯美詩論高唱不絕;從建安詩歌的「詞采華茂」(鍾嶸《詩品》上),到西晉詩歌的「各競新麗」(劉勰《文心雕龍・總術》)唯美詩風愈刮愈烈。可以說,「唯美」,是魏晉詩歌發展的主導趨勢。

二

誠然,我們不可能一成不變地用西方唯美主義概念的框框,去套在魏晉唯美詩歌的創作上;相反,二者在諸多方面,都存在著不同程度的差異以及獨特之處。擇其主要三點而論:

(一)藝術與人生的關係

西方唯美主義作家認為:「一切壞的藝術都是由於回返生活與自然,並將生活與自然提升為完美典範所造成的。」[5]因此,他們強烈地反對現實主義(Realism)的創作方法:「作為一種方法,現實主義是完全失敗的,每一個藝術家都必須避免的兩件事就是:形式的現代性與題材的現代性。」[6]他們主張藝術家應該:「歌唱美而不可能有的事物,歌唱可愛卻從未發生的

---

[5] Oscar Wilde, "The Decay of Lying," *The Complete Works of Oscar Wilde* (Garden City, New York: Doubleday, Page and Company, 1923), Vol. 5, p. 61.
[6] 同5, p. 62.

事情，歌唱不曾存在但應該存在的東西。」[7]

然而，魏晉的唯美詩人卻難以完全超越、游離現實人生：「遵四時以歎逝，瞻萬物而思紛；悲落葉於勁秋，喜柔條於芳春。心懍懍以懷霜，志眇眇而臨雲；詠世德之駿烈，誦先人之清芬。」(陸機〈文賦〉)他們與現實人生（包括自然界）的關係是那麼的密切，他們腳踏實地地面對這一切，投筆援篇，「宣之乎斯文」(〈文賦〉)。在他們的筆下，既有文人名士的游宴歡娛，也有王公貴族的浮華奢侈；既有真摯優美的愛情抒發，也有綺靡輕艷的情欲摹寫；既有自然清新的山水景色，也有雅致旖旎園林風光；當然，綺情艷語之間，亦常常摻雜著人生的苦楚、迷茫……

（二）藝術形式美的追求

追求藝術形式美，恐怕是中、西方唯美詩人共同的、也是最突出的一個表現特徵。西方的唯美主義作家堅定地認為：「是的，形式就是一切……形式不僅創造了批評的氣質(the critical temperament)，還創造了審美的直覺(the aesthetic instinct)……從形式的崇拜(the worship of form)出發，一切藝術的奧秘將會向你展現。」[8]

魏晉的唯美詩人，也同樣迷狂地追求藝術形式之美：「其為物也多姿，其為體也屢遷；其會意也尚巧，其遣言也貴妍。

---

[7] 同5, p. 60.
[8] Oscar Wilde, "The Critic as Artist," *The Complete Works of Oscar Wilde*, Vol. 3, p. 221.

暨音聲之迭代，若五色之相宜。……或藻思綺合，清麗芊眠；炳若縟繡，淒若繁弦。」（〈文賦〉）「詩緣情而綺靡」（同前）的宣導，使魏晉詩人在追求詩歌外在形式美的同時，還開拓了詩歌王國另一類美的境域——包括情韻美、氛圍美、意境美在內的詩歌內在蘊涵美。或許，這就是魏晉唯美詩異於、甚至優於西方唯美詩的一個方面。

（三）藝術的目的性

　　法國的Theophile Gautier(1811-1872)曾以開玩笑的口吻說：「我寫詩是由於我無所事事，而我無所事事是由於我寫詩。」("I write poetry to excuse myself for doing nothing, and I do nothing to excuse myself for writing poetry.")[9] 其實，Gautier這句話，正是他在《莫班小姐》(*Mademoiselle de Maupin*)中提出的「為藝術而藝術」唯美詩學綱領的注腳，即寫詩就是寫詩，沒有其他任何目的。也即英國的Oscar Wilde(1854-1900)所云：「藝術除了表現自身，從不表現其他任何東西。」("Art never expresses anything but itself.")[10] 這並不意味西方唯美詩是完全無目的的，相反，它的目的非常明確：「目的何在？旨在求美！」[11] 只不過這種唯美的目的具有強烈的排它性，它排斥任何實用價值：「只有無用，才是真正的美。」("Nothing is really beautiful unless it is

---

[9] 引自 Brian Hill, " Introduction," in Brian Hill (tr.) *Gentle Enchanter* (Soho Square, London: Rupart Hart-davis, 1960), p. 11.
[10] 同5, p. 50.
[11] 戈蒂耶(Gautier)《〈阿貝杜斯〉序言》，同3，頁16。

useless.")[12] 更排斥任何道德功利性：「一切藝術都是無道德的。」("All art is immoral.")[13] 可見，西方唯美詩人的態度十分激進而堅定：維護藝術的純潔性，捍衛藝術的獨立性！

相比之下，魏晉唯美詩人的態度則顯得較為溫和，甚至曖昧。如建安詩人曹植說：「蓋文章，經國之大業，不朽之盛事。」(〈典論·論文〉)既要推崇文章「不朽」之價值，卻先得張揚「經國」之功利性，儘管其真正目的在前者。又如，西晉詩人陸機在其〈文賦〉中，既發出「其為物也多姿，其為體也屢遷；其會意也尚巧，其遣言也貴妍，暨音聲之迭代，若五色之相宜」等超功利的文學宣言，又招搖著「濟文武於將墜，宣風聲於不泯」等匡扶風教、維護正統的旗幡。詩以言志、以善為美、高臺教化等歷史文化因襲和民族心理積澱，規定了魏晉詩人唯能以這種溫和、曖昧的心態與方式，去開拓文學自覺的坎坷路途。

由上我們可以看到這樣一個不可諱言的事實：魏晉詩的「唯美」意味確實沒有西方的唯美詩那樣「濃」與「純」，但我們也應該正視：西方的唯美主義運動產生於文學觀念、理論、技巧都相當成熟完善的十九世紀後期，而魏晉唯美詩歌卻是崛起於中國文學甫始自覺的一千多年前。如果說十九世紀的 Oscar Wilde 等是以唯美主義運動來「捍衛藝術的獨立」，那麼，中國的魏晉詩歌則是以美的追求、美的表現來開創文學獨

---

[12] 同9, p. 8.
[13] 同8, p. 186.

立的新紀元。在這個意義上說，魏晉唯美詩歌應該是功不可沒的。

三

基於「唯美」論題的特點，本書的研究目光將專注於魏晉唯美詩人及其創作，與魏晉詩歌的發展過程。在每一個階段的研究中，既要凸現若干具有代表性的詩人，也要鉤沉具有不同程度唯美表現的詩人，把他們放在同一文化圈子中進行考察。而至於那些在中國詩歌史上頗有聲譽的詩人（如曹操、左思），由於他們的創作主要傾向不是「唯美」的（而是唯真、唯實），本書將不作重點討論。另外，「魏晉」的歷史範圍，無疑應該包括東晉在內，但東晉詩歌的發展有相當特殊的變化：一方面，是「理過其辭，淡乎寡味」（鍾嶸〈詩品序〉）的玄言詩壟斷了近百年的東晉詩壇，使西晉勢頭正猛的唯美詩風受到了阻斷；而另一方面，東晉文人「山水以形媚道」（宗炳〈畫山水序〉）的觀念，卻又使玄言詩創作蛻變出山水摹寫的新因素，進而導發了南朝山水詩創作熱潮，唯美詩歌的發展亦因而進入一個新的階段。可見，在六朝唯美詩歌的整個發展過程中，東晉詩與南朝詩的關係遠遠密切於建安、正始及西晉詩。因此，本書對魏晉唯美詩歌發展的討論，將不包括東晉詩在內。

在具體的研究分析中，我們將遵循兩個原則：

（一）藝術的、審美的標準

　　唯美詩歌，無疑是最藝術化的產物。對其研究與評價的標準，無疑也應該首先是藝術的和審美的。然而，以往人們在研究與評價唯美詩時，卻往往拋開藝術的審美的標準，而採取政治的、社會的、倫理的標準。如西晉詩人張華的作品，往往因「兒女情多，風雲氣少」（鍾嶸《詩品》上）而受非議，相應地，其「巧用文字，務為妍冶」（同前）的唯美表現更受責難、批評。然而，如果我們用藝術的、審美的標準來評析張華的詩作，不得不承認其辭藻繁縟、聯想豐富、色彩豔麗、風情宛然，極具形象美、感官美與意蘊美，可稱得上是具有較高的藝術價值和審美價值的詩作。

　　概言之，只有用藝術的、審美的標準，才能抓住唯美詩歌真正的精髓（藝術），剖析其深刻的內涵（美感）；也只有用藝術的。審美的標準，才能尋繹中國詩歌藝術在魏晉時期的演進軌跡，並把握中國文學自身發展的內在規律性。

（二）歷史的、客觀的態度

　　要把魏晉唯美詩歌放在特定的、具體的歷史背景、歷史條件和歷史發展階段，進行客觀的、實事求是的考察。這樣，才能更清楚地瞭解它們在不同階段的表現特點，及其發展變化的經過；也才能給它們作出如實的、符合歷史發展規律的評介。如建安時代的唯美詩歌與西晉時代的唯美詩歌，由於處於不同的歷史階段，其歷史背景與條件都有一定的差異，因此，前者

的思想性相對較強,格調相對較高,藝術性則相對稍遜;而後者的思想性相對較弱,格調較柔,藝術性則較高。我們不宜因為前者歷來較受好評,後者歷來較受詬病而不加分析地隨意厚此薄彼,畢竟後者的藝術性遠超於前者,在唯美詩歌發展史上,乃至整個中國詩歌藝術發展史上,後者無疑處於較高級的層面。但是,也不能因此而忽視、乃至不承認前者的唯美傾向與藝術功績,因為前者畢竟是伴隨著文學自覺的呼嘯,而掀起的魏晉唯美詩潮的第一簇耀眼的浪花。

我們還要把魏晉唯美詩歌置於中國文學發展史的歷史長河中加以審視,客觀地評估它在整個文學發展史中的作用、貢獻與地位。總而言之,既要用歷史的、客觀的態度去研究具體的作家作品,也要以歷史的、客觀的眼光去審視魏晉唯美詩歌這一異彩紛呈的文化現象。

魏晉詩歌的審美觀照

上　編
詩　賦　欲　麗

　　建安,是中國古代文學史中的一個重要階段。所謂「建安」,是東漢末代皇帝劉協的年號。從歷史上看,便是從劉協被曹操挾持到許昌改元(建安元年,西元196年)起,到曹丕代漢建魏國(建安二十五年,西元220年)止,共二十五年。但是,從文學史的角度看,作為文學的一個獨立階段,建安文學時期的上限應上延到漢靈帝中平年間(曹操的名作〈薤露行〉即作於漢靈帝中平五年,西元189年),其下限至少應止於曹植去世的魏明帝太和六年(西元232年),前後共四十多年。

　　這四十多年,是中國古代文學的重要時期:群彥蔚起,五言騰踴,「魏武以相王之尊,雅愛詩章;文帝以副君之重,妙善辭賦;陳思以公子之豪,下筆琳琅;並體貌英逸,故俊才雲蒸。仲宣委質於漢南,孔璋歸命於河北,偉長從宦於青土,公幹徇質於海隅,德璉綜其斐然之思,元瑜展其翩翩之樂,文蔚、休伯之儔,于叔、德祖之侶……」(劉勰《文心雕龍·時序》)「人人自謂握靈蛇之珠,家家自謂抱荊山之玉」(曹植〈與楊德祖書〉)從而掀起了中國文學史上第一個文人詩歌創作的高潮。與此同時,文學理論與批評也空前地興盛起來。人們從不同的角度、不同的程度上對文學的本質與現象進行了認真的探

索。這一切,表明建安時期確實是一個「文學的自覺時代」[1]

---

[1] 魯迅〈魏晉風度及文章與藥及酒之關係〉,《魯迅全集》第三卷(北京:人民文學出版社,1981),頁501。

第一章　自我的發現與文學的自覺

一　自然生命意識的覺醒

　　我們對建安時期「文學自覺」的考察,不能僅僅著眼於當時文壇創作繁榮、理論興盛的現象,還應進一步深究文學自覺之所以產生的原因與內涵。文學是社會生活的反映,更是人的精神活動的產物。因此,作為文學主體的人,便成為我們考察文學的焦點所在。換言之,文學的自覺,無疑要以人的自覺為前提。

　　在西周宗法社會中,體現宗法制度的「禮」就制約著人的一切思想活動:「夫禮,天之經也,地之義也,民之行也。天地之經,而民實則之。」(《左傳・昭公二十五年》)作為當時文學藝術總稱的「樂」,也無例外地受制於「禮」,「是故先王之制禮樂也,非以極口腹耳目之欲也,將以教民平好惡,而反人道之正也。」(《禮記・樂記》)賞「樂」,只是實踐禮行的自我觀照,以達到修身、齊家、治國、平天下的禮教目的。孔子所謂「興於《詩》,立於禮,成於樂。」「誦《詩》三百,授之以政。」「不學《詩》,無以言。……不學禮,無以立。」(分別見於《論語》的〈泰伯〉、〈子路〉、〈季氏〉)便是周人禮樂觀念的突出表現。在這種觀念制約之下,人的主體意識、私

欲與情感受到極大的漠視，人除了合乎「禮」這個外在的目的之外，不可能具有任何獨立價值，「樂」、「詩」也只能作為「禮」的附庸。

漢代大賦[2]以其詞采的富贍與氣魄的宏偉盤踞兩漢文壇近四百年，漢代大賦作家的創作目的，則是「宣上德而盡忠孝」（班固〈兩都賦序〉）。誠然，漢帝國空前統一、繁榮、強盛的氣象強烈的感染了文人士大夫，他們把一切希望與理想都寄託在生氣勃勃的帝國事業與帝國的靈魂——皇帝身上。他們的歌功頌德是誠心誠意的：「君子臣於盛明之時，必須揚之盛德。」（馬融《馬季長集・忠經集・忠經》）「今聖德隆盛，威靈外覆⋯⋯乾坤之所開，陰陽所接⋯⋯靡不奔走貢獻。」（王褒〈四子講德論〉）即使寫過〈悲士不遇賦〉的司馬遷，也宣稱「主上明聖而德不佈聞，有司之過也。」「臣下百官力誦聖德，猶不能盡其意。」（皆見《史記・太史公序》）然而，就在這種誠心誠意的歌功頌德之中，他們的作品，儘管辭藻贍富、氣魄宏偉，卻缺乏個性精神的閃光和自我情感的融注。因此，雖然不少賦家為之耗盡了終生才華，漢大賦仍不免是帝國鴻業的奴婢。

到了東漢後期，外戚與宦官交替專權，朝政黑暗，誅戮交加，戰亂頻繁，疫癘並生。漢帝國無可奈何地走向季世窮途，至高無上的君權受到極大的衝擊。文人們的帝國夢破滅了，他們的目光也就自然而然地轉向個人自我，個體意識得到喚醒，

---

[2] 指以鋪張揚厲、歌功頌德為特徵的漢大賦，抒情賦不在此列。

第一章　自我的發現與文學的自覺

自我價值得到重視，面對死神暴虐性命如蟻的殘酷現實，他們更驚駭地意識到人生之短促，生命之脆弱。因此，他們的自我發現、自我醒覺，並沒有表現出歐洲文藝復興時期人們掙脫宗教神權而覺醒的那種科學理性光輝，而是一種憂生懼死、依戀人生的凝重淒哀的自然生命意識。這種生命意識滲透於東漢後期人們的生活之中：

> （順帝永和）六年三月上巳日，商（即大將軍梁商）大會賓客，宴於洛水……商與親昵酣極歡，及酒闌倡罷，繼以〈薤露〉之歌，坐中聞者，皆為掩涕。（《後漢書・周舉傳》）
>
> 時（即靈帝時期）京師賓婚嘉會，皆作〈魁櫑〉（此指哀喪之樂），酒酣之後，續以挽歌。（《後漢書・五行志一》注引〈風俗通〉）

嘉會美酒續之喪樂輓歌，這種荒唐的組合，跟武帝盛世時「置酒乎顥天之台，張樂乎膠葛之寓；撞千石之鐘，立萬石之虡；建翠華之旗，樹靈鼉之鼓；奏陶唐氏之舞，聽葛天氏之歌；千人唱，萬人和，山陵為之震動，川谷為之蕩波」（司馬相如〈上林賦〉）的歡樂壯觀場面簡直是天壤之別。漢末文人的〈古詩十九首〉，更是一組悲愴纏綿、悽惻哀傷的生命詠歎調：

15

人生寄一世，奄忽若飆塵。何不策高足，先據要路津。無為守窮賤，坎坷長苦辛。

回車駕言邁，悠悠涉長道。四顧何茫茫，東風搖百草。所遇無故物，焉得不速老。盛衰各有時，立身苦不早。人生非金石，豈能長壽考。奄忽隨物化，榮名以為寶。

生年不滿百，常懷千歲憂。晝短苦夜長，何不秉燭遊。為樂當及時，何能待來茲。

在這些充滿了人生遷逝之感、生命奄忽之憂的詩句裏，完全找不到任何宣上德盡忠孝的字眼。人們關注的只是自我的存在、物欲的享受、個人的前途以及生命的價值。即使汲汲於功名，其基點也已經完全不是獻身帝業、忠君報國，而是追逐個人榮耀，實現自我的價值。

這種眷戀人生、渴求生命、珍重自我的個體生命意識，不僅成為整個東漢後期的社會思潮，還直接而且深刻地影響到隨之而至的建安文人：

對酒當歌，人生幾何。譬如朝露，去日苦多。慨當以慷，憂思難忘。何以解憂，唯有杜康。（曹操〈短歌行〉其一）

驚風飄白日，光景馳西流。盛時不可再，百年忽我遒。（曹植〈箜篌引〉）

人生一世間，忽若暮春草。時不可再得，何為自愁惱。（徐幹〈室思〉）

透過這些詩句的暗淡色彩和感傷情調，我們不難看到建安文人憂患人生、摯愛生命，關注自我的強烈的個體生命意識。他們的建功立業的思想，也同樣是以對生命易逝、歲月奄忽的憂慮情緒為基調的，其用意也不過是借建功以揚名，實現個人自我的價值，使有限的生命獲得無限的存在：「天地無窮，人命有終。立功揚名，行之在躬。」（曹叡〈月重輪行〉）「騁哉日月逝，年命將西傾。建功不及時，鐘鼎何所銘？」（陳琳〈遊覽〉）所以，這些表現建功立業的詩作，雖然帶有較濃重的政治功利色彩，但其立足點顯然已轉移到以個體生命意識為本位的基礎之上。

建安時期的「文學的自覺」，正是孕生於這種充滿個體生命意識的時代氣氛之中。

二 「經國」與「不朽」

曹丕的「蓋文章，經國之大業，不朽之盛事」（《典論·論文》）被譽為文學自覺時代的最強音。從表面看，這是一個「文學成就與政治成就分立的見解」(pronouncement of the divergence between literary attainment and political achievements)[3]，其實，這

---

[3] Chen Shou-yi, *Chinese Literature: A Historical Introduction* (New York: The Ronald Press Company, 1966), p. 159.

個見解的重心並不在於「經國」而在「不朽」。這「不朽」觀正是產生於自我個體生命意識的覺醒。Ronald C. Miao曾指出：「漢末建安以來，人生無常(the evanescence of human existence)的觀念已出現在文學批評中。」[4]正是人生無常的觀念直接促成了自我生命意識的覺醒，並進而激發了人們通過文學創作以尋求「不朽」的思想。曹丕在具有劃時代意義的文學批評名作〈典論‧論文〉中就鮮明地闡述道：「年壽有時而盡，榮樂止乎其身，二者必至之常期，未若文章之無窮。是以古之作者，寄身於翰墨，見意於篇籍，不假良史之辭，不托飛馳之勢，而聲名自傳於後。」曹丕在〈與王朗書〉中還說道：「生有七尺之形，死惟一棺之土。惟立德揚名，可以不朽，其次莫如著篇籍。」雖然先秦儒家早有「大上有立德，其次有立功，其次有立言，雖久不廢，此謂之不朽」（《左傳‧襄公二十四年》）的「三不朽」之說，但曹丕的文章不朽論並不同於先秦儒家的三不朽之說。首先，先秦儒家的「言」主要指倫理政教之經典學說，而曹丕之「文章」則包含了文學在內（其文體四科之一便是詩賦）。其次，在曹丕的文章不朽論中，文章與「經國」（即立功）和「立德」似乎也有主次之分，但儒家是以立德為本，立功與立言皆以顯德、揚德為目的，[5]曹丕則認為三者之間並非

---

[4] "Palace-style Poetry: The Courtly Treatment of Glamour and Love," in Ronald C. Miao (ed.), *Studies in Chinese Poetry and Poetics*, Vol. 1 (San Francisco: Chinese Materials Center, Inc, 1978), p. 11.
[5] 先秦兩漢儒家的文（樂）觀皆體現了這一點，如：「樂以安德」(《左傳‧襄公十一年》)，「禮樂皆得，謂之有德。德者，得也。」(《樂記‧樂本篇》)

是附庸、依從的關係,而是各具獨立的意義與價值。立德揚名可以不朽,「著篇籍」亦然,文章不是「德」的工具與附庸,而是可以「不假良史之辭,不托飛馳之勢,而聲名自傳於後」獨具超越時空、超越死亡的不朽價值。這與當時以個人為本體的功名觀是具有相同的意義的。正因為如此,楊修說:「若乃不忘經國之大美,流千載之英聲,銘功景鐘,書名竹帛,斯自雅量,素所畜也,豈與文章相妨害哉?」(〈答臨淄侯箋〉)也正因如此,曹植在「願得展功勤,輸力於明君」的願望不能實現時,便轉向「騁我徑寸翰,流藻垂華芬」(〈薤露行〉)冀求以文學創作流芳千古。可見,自我的發現,個體生命意識的覺醒,使文人在立德與立功之外,又獲得了一條以文章求不朽,實現自我價值的重要途徑。即使從文學要「表達豐富的感情和個人的抱負」(express the full feeling and aspirations of the individual)這點看,也是一種強烈的自我意識(self-consciousness)的體現,正是這種強烈的自我意識,將文學從道德與政教的婢女地位中解放出來。[6]這麼一來,在客觀上也就促進了文學走向自覺的獨立發展道路。

在文學批評方面,人的主體意識也受到注重與張揚。從歷史淵源上看,中國傳統的文學批評開端,可上溯到先秦以孔子為代表的詩教說,從那時直到西漢,道德倫理與政治的功利價值成為文學批評的主要標準。如孟子解《詩》,揚雄論賦,班

---

[6] 參見Chen Shou-yi書,同3,p. 154。

固與王逸評屈原等等[7]，都無法掙脫這種功利觀的制約。文學（廣義）只是體現道德倫理政治觀念的符號，而作為文學主體因素的人卻受到漠視。只有到了漢末建安之後，在文學的獨立價值與意義受到重視的同時，作為文學主體——人的因素，才正式進入文學批評領域。而這種變化，也同樣可以追溯到東漢後期以來的人的自我發現與覺醒。準確地說，便是東漢後期以來人物品評的發展與變化。人物品評，原屬自發的社會輿論，後來被統治者利用來作為考察政績、選拔人才的重要依據。到了東漢後期，以「清議」相標榜的士大夫們又有意識地使之成為抨擊朝政和政治工具，從而引起宦官集團的仇恨。結果，桓、靈之時的兩次黨錮之禍，使許多清議之士慘遭殺害。[8] 黨錮之禍後，人物的品評之風並未沉寂，但其中的現實性與政治性因素大為減弱，品評的中心逐漸轉移到人的風標氣度：

叔度汪洋如萬頃波，澄之不清，淆之不濁，不可量

---

[7] 諸如：「〈小弁〉之怨，親親也。親親，仁也。固矣夫，高叟之為詩也！」（《孟子·告子章句下》）「詩人之賦麗以則，辭人之賦麗以淫。如孔氏之門用賦也，則賈誼升堂，相如入室矣，如其不用何？」(揚雄《法言·吾子》)「今若屈原，露才揚己，競乎危國群小之間，以離讒賊。然責數懷王，怨惡椒蘭，愁神苦思，強非其人，忿懟不容，沉江而死，亦貶潔狂狷景行之士。多稱昆侖冥婚，宓妃虛無之語，皆非法度之政、經義所載。」(班固〈離騷序〉)「夫〈離騷〉之文，依託五經以立義焉。」(王逸〈楚辭章句序〉)
[8] 桓帝延熹十年（西元166年），名士李膺、范滂等二百餘人被指為黨人，獲罪入獄。次年桓帝赦黨人出獄，但禁錮終身，不許再作官。此謂第一次黨錮之禍。靈帝建寧元年（西元168年），宦官殺竇武、陳蕃。之後，靈帝大興黨獄，殺李膺、范滂等百餘人，禁錮六七百人，捕太學生千餘人，黨人五服內親屬及門生故吏，凡為官者全部被免官禁錮。此謂第二次黨錮之禍。（參見范文

第一章　自我的發現與文學的自覺

也。(《後漢書・黃憲傳》)

世目李元禮：謖謖如勁松下風。(《世說新語・賞譽》)

孔融與康父端書曰：「前日元將來，淵才亮茂，雅度宏毅，偉世之器也。」(《魏志・荀彧傳》裴注引《三輔決錄》)

關注人、鑒賞人的風氣在漢末大為盛行。三國時代劉劭的〈人物志〉(中國第一部人才論專著)，便是「漢代品鑒風氣的結果」[9]。劉劭的〈人物志〉繼承了先秦以來的元氣說[10]，認為人是稟受元氣而化生的，而人稟氣有偏，故氣質個性便不同，人的才能差異也由此形成。劉劭雖沒有涉及到文學創作問題，但他在〈材理〉篇中，討論到人的個性差異造成不同的言辭風貌：

瀾《中國通史》第二冊，北京：人民出版社，1978，頁188至190)
[9] 湯用彤〈讀人物志〉，見《魏晉玄學論稿》(北京：人民出版社，1957)，頁14。
[10] 在先秦時，論萬物本原，有宋鈃尹文學派的精氣說：「凡物之精，比則為生：下生五穀，上為列星；流於天地之間，謂之鬼神；藏於胸中，謂之聖人。是故名『氣』。」(《管子・內業》)論個人修養，有孟子的浩然之氣說：「夫志，氣之帥也；氣，體之充也……我善養吾浩然之氣。」(《孟子・公孫丑章句上》)論樂，有荀子的樂氣說：「凡奸聲感人而逆氣應之，逆氣成象而亂生焉；正聲感人而順氣應之，順氣成象而治生焉。」(《荀子・樂論》)漢代學者更常用「氣」來論述世間萬物(包括人)的起源與現象：「道始於虛廓，虛廓生宇宙，宇宙生氣，氣有涯垠，清陽者薄靡而為天，重濁者凝滯而為地。」(《淮南子・天文訓》)「天地之氣，合而為一：分為陰陽，判為四時，列為五行。」(《繁露春秋・五行相生》)「人之稟氣，充實而堅強，或虛劣而軟弱。……稟壽夭之命，以氣之多少為主性也。」(《論衡・氣壽》)

剛略之人，不能理微，故其論大體，則弘博而高遠；歷纖理，則宕往而疏越。抗厲之人，不能回撓，論法直，則括處而公正；說變通，則否戾而不入。堅勁之人，好攻其事實，指機理，則穎灼而傾盡；涉大道，則徑路而單持。辯給之人，辭煩而意銳，推人事，則精識而窮理；即大義，則恢愕而不周。浮沉之人，不能沉思，序疏數，則豁達而傲搏；立事要，則熛炎而不定。⋯⋯此所謂性有九偏，各從其心之所可以為理。

元氣說的思維論證方式，無疑同樣啟迪了曹丕〈典論·論文〉以人為中心的文學批評：

文以氣為主，氣之清濁有體，不可力強而致。譬諸音樂，曲度雖均，節奏同檢；至於引氣不齊，巧拙有素，雖在父兄，不能以移子弟。

這裏的「氣」，既指作家的氣質、個性，又指文章的風格。文章的風格決定於作家的氣質與個性，而性格有俊爽超邁（清）或凝重沉重沉鬱（濁）的不同類型[11]，它們是作家不同氣質造成的，不可強力而求，其間的優劣決定於資質天賦，雖是

---

[11] 此處採用《中國歷代文論選》的說法：「清是俊爽超邁的陽剛之氣，濁是凝重沉鬱的陰柔之氣。」見郭紹虞主編《中國歷代文論選》第一冊（上海：上海古籍出版社，1979），頁163。

父兄也不可傳子弟。

曹丕還從個性與風格（氣）入手，具體地評析了同時代的作家和他們的作品：

> 王粲長於辭賦，徐幹時有齊氣，……應瑒和而不壯，劉楨壯而不密。孔融體氣高妙，有過人者，然不能論持，理不勝辭。（〈典論‧論文〉）

> 偉長獨懷文抱質，恬淡寡欲，有箕山之志，可謂彬彬君子者矣。著〈中論〉二十篇，成一家之言，辭義典雅，足傳於後，此子為不朽矣。德璉常斐然有述作之意，其才學足以著書，美志不遂，良可痛惜。……孔璋章表殊健，微為繁富。公幹有逸氣，但未遒耳。其五言詩之善者，妙絕時人。元瑜書記翩翩，致足樂也。仲宣獨自善於辭賦，惜其體弱，不足起其文，至於所善，古人無以遠過。（〈與吳質書〉）

在這些論述中，曹丕隻字不提儒家宗經原道的詩教傳統，完全著眼於作家獨特的氣質個性，認為文章各種風格的形成，與作家的氣質個性緊密相關，有什麼樣的氣質個性，就會寫出什麼樣的藝術風格的作品。這種立足於作家主體個性氣質的文學批評，正是建安時代文學自覺的一個重要表現。曹丕的論述似乎有「天才決定論」之嫌，但與儒家只要求作家道德修養與道德品質的觀點相比較，曹丕突出強調作家主體的氣質個性，

無疑體現了人的自覺意識。

三　美：文學自覺的關鍵

人的自我覺醒，促進了文學的自覺；而文學自覺的關鍵所在，更突出體現為人們對文學藝術的本質——美的追求。

「詩賦欲麗」(〈典論·論文〉)。「麗」——是曹丕對詩、賦這類純文學的文體所作的質的界定。這個界定，表明建安文人對文學的審美本質已經有了較明確的認識。陳琳、吳質等便是用這種審美的意識來審視、讚譽曹丕曹植兄弟的文章：「披覽粲然，……音義既遠，清辭妙句，焰絕煥炳，譬如飛兔流星，超山越海。」(陳琳〈答東阿王箋〉)「逸句爛然，陳思泉湧，華藻雲浮，聽之忘味，奉讀無倦。」(卞蘭〈贊述太子賦〉)「摘藻下筆，驚鳳之文奮矣。」(吳質〈答魏太子箋〉)「是何文采之巨麗！」(吳質〈答東阿王書〉)曹植也同樣以審美的眼光來欣賞王粲與吳質的文辭：「文若春華，思若湧泉。」(〈王仲宣誄〉)「文采委曲，華若春榮，瀏若春風。」(〈與吳季重書〉)在〈前錄自序〉中，曹植更闡明：「故君子之作也，儼乎若高山，勃乎若浮雲，質素也如秋蓬，摛藻也如春葩。汜乎洋洋，光乎浩浩，與〈雅〉〈頌〉爭流可也。」曹植雖然也提及文之「質素」，但字裏行間，更顯示出對「摛藻也如春葩」，「汜乎洋洋，光乎皓皓」的美學風貌的推崇，並認為具有美學風貌的作品足以與儒家的經典〈雅〉、〈頌〉爭流。一個「爭」

字,頗見異軍突起之氣勢。正是在這種文學的審美意識指導之下,從「洋洋清綺」(劉勰《文心雕龍·才略》)的曹丕,到「詞采華茂」(鍾嶸《詩品》上)的曹植,以及「才調輩興」(阮元〈四六叢話序〉)的建安七子,建安文人的詩賦創作(曹操的作品可除外)表現出一派濃郁的唯美風氣。

當然,詩賦尚美的風氣並非起於建安,早在先秦時代,「驚采絕豔」(《文心雕龍·辨騷》)的楚辭,便已表現出濃重的唯美風貌:

撫長劍兮玉珥,璆鏘鳴兮琳琅。瑤席兮玉瑱,盍將把兮瓊芳。蕙肴蒸兮蘭藉,奠桂酒兮椒漿。揚枹兮拊鼓,疏緩節兮安歌,陳竽瑟兮浩倡。(〈九歌·東皇太一〉)

砥室翠翹,掛曲瓊些。翡翠珠被,爛齊光些。蒻阿拂壁,羅幬張些。纂組綺縞,結琦璜些。(〈招魂〉)

這些滲透著濃郁的巫史文化色彩的楚辭作品,無疑已開創了中國唯美詩風的先河。「若悱惻芳芬,楚騷為之祖。」(裴子野〈雕蟲論〉)鋪采摛文,侈麗宏衍的漢賦,正是在「華麗」這方面前承屈原[12],後啟建安文人。陳琳云:「蓋聞過高唐者效王豹之謳,遊睢渙者學藻繪之采。自入部,仰司馬、楊、王遺

---

[12] 王逸〈楚辭章句序〉云:「屈原之詞,誠搏遠矣,自終沒以來,名儒博達之士,著造詞賦,莫不擬則以儀表,祖拭其模範,取其要妙,竊其華藻。」

風,有子勝斐然之志,故頗奮文辭,異於他日。」(〈與魏太子書〉)禰衡則激賞張衡:「下筆繡辭,揚手文飛。」(〈吊張衡文〉)曾稱「辭賦小道,固未足以論揚大義」(〈與楊德祖書〉)的曹植也大力襃揚:「若枚乘作〈七發〉,傅毅作〈七激〉,張衡作〈七辯〉,崔駰作〈七依〉,辭各美麗,余有慕之焉。」(〈七啟〉)「余覽揚雄〈酒賦〉,辭甚瑰瑋。」(〈酒賦序〉)可見,建安文學之「麗」,確實有其歷史的承續性,但是,同時又表現出明顯的時代特質。如果說楚辭之麗,根植於巫史文化土壤之上;漢賦之麗,包囊在帝國鴻業氣象之中[13];那麼,建安文學之麗,則是滲化了文人的個體生命意識。換言之,建安文學的唯美傾向(詩賦皆如此),是跟文人生命意識的表現密切結合的。

---

[13] David Hawkes 曾撰文詳盡地論述了楚辭中的巫史文化影響和漢賦中的帝王氣象表現。參見 "The Quest of the Goddess," in Cyril Birch (ed.), *Studies in Chinese Literary Genres* (Berkeley, Los Angeles, and London: University of California Press, 1974), pp. 42-68.

第二章　詩歌的唯美探索

一　詩風的嬗變

建安文學的創作年限，前後共四十多年，其中建安十三年（西元208年）是建安文學關鍵性的一年。在建安十三年十一月的「赤壁之戰」中，孫權、劉備聯軍大敗曹軍，從而出現了曹魏、孫吳、劉蜀三方鼎立局面。

以這一年為界，建安文學可分為前後兩個時期，前後期的文學風貌發生了很大的變化。前期的文學，充分反映了社會動亂和民生疾苦的現實，抒發了人們要求建功立業、統一全國的理想抱負，表現出悲涼慷慨、剛健遒勁的風格特徵。「氣雄力堅」（劉熙載《藝概‧詩概》）的曹操，便是建安文學前期的代表人物。

三國鼎立的局面形成後，社會環境相對安定，經濟日漸恢復，生產逐步發展。正是在這個時期，「才秀藻朗」（曹植〈文帝誄〉）的曹丕和「天才流麗」（王世貞《藝苑卮言》卷三）的曹植逐漸取代曹操而居文壇的領導地位：「文帝、陳思，縱轡以騁節；王、徐、應、劉，望路而爭驅」（《文心雕龍‧明詩》）此時的文人創作，明顯離棄建安前期反映社會動亂與民生疾苦的傳統，而轉向描寫遊子思婦的離情別緒與「憐風月、狎池

苑、述恩榮、敘酣宴」（同前）的宴遊生活。文人的筆觸更是從社會現實表面深入到人的心靈世界。「詞采華茂」（鍾嶸《詩品》上）的風貌，取代早期「古樸質直」的特色。對此，前人已有相似的表述：「孟德全是漢音，丕、植便多魏響。」（陳祚明《采菽堂古詩選》卷五）「孟德詩猶是漢音，子桓以下，純乎魏響。」（沈德潛《古詩源》卷五）

在「慷慨悲涼」方面，曹植、王粲、劉楨等人的部分詩作雖然與曹操詩有一致的地方，但從整個建安詩壇的創作傾向看，曹操的影響並不很大，尤其是在華美方面，曹操詩與曹丕、曹植及七子詩確實有頗大的差異：「孟德橫槊賦詩，氣韻沉雄，不入綺麗句；子桓優柔和美，讀之齒有餘芬；子建獨冠群材，目為繡虎，恣意揮霍，無所不可，高華之氣，溢人襟帶；王粲稍綺麗，而真實有餘⋯⋯」（丁福保《全漢三國晉南北朝詩·緒言》）曹丕曹植等人華美的主體詩風，與曹操並沒有什麼承傳影響的關係，從當時文人之間的相互評價也可看出這一點，當時文人對曹操文學方面的評述相當少，而且只是泛泛而論：「上雅好詩書為籍，雖在軍旅，手不釋卷」（曹丕〈典論·自敘〉）「既總庶政，兼覽儒林，躬著雅頌，被之瑟琴」（曹植〈武帝誄〉）而曹丕、曹植與七子之間的相互評價顯然更多，並且突出推崇華美文風的方面（見前文）。由此可知，建安文人在詩歌方面的唯美探索，主要表現在建安後期曹氏兄弟與七子（孔融早逝除外）的創作實踐之中。

上文我們曾分析過，建安文人生命意識的底蘊是對生命、

對人生的執著與眷戀,而這種執著與眷戀,在文學創作中,往往外化為深摯的感情抒發:

> 展詩清歌聊自寬,樂往哀來摧心肝。(曹丕〈燕歌行〉)
> 嗟我懷矣,感物傷心。(應瑒〈報趙淑麗詩〉)
> 慷慨有悲心,興文自成篇。(曹植〈贈徐幹〉)
> 詩之作矣,情以告哀。(王粲〈為潘文則作思親詩〉)
> 秋日多悲懷,感慨以長歎。終夜不遑寐,敘意於濡翰。(劉楨〈贈五官中郎將〉)

生命短暫,人生無常,他們並沒有因此悲觀厭世,反而更深情地眷戀著人生的美好事物:

> 生平未始聞,歌之安能詳。投翰長歎息,綺麗不可忘。(劉楨〈公宴詩〉)
> 流鄭激楚,度宮中商。感心動耳,綺麗難忘。(曹丕〈善哉行〉)

他們痛惜生命美的消逝,更嚮往人生美的擁有。如果說「情」是建安文人生命意識的外化抒發,那麼「美」則是建安文人生命意識的價值取向。有「骨氣奇高,詞采華茂」(鍾嶸

《詩品》上）之譽的曹植，曾形象地闡述了這兩者之間的關係：「辯言之豔，能使窮澤生流，枯木發榮，庶感靈而激神，況近在乎人情？」（曹植〈七啟〉）正如劉勰在《文心雕龍·情采》篇中所進一步肯定的：「文采所以飾言，而辯麗本於情性。」綺豔與深情水乳交融，形成了建安文人抒情詩的顯著特徵。

從上面所引的詩例可見，建安文人所抒發的感情，帶有濃重的悲涼哀怨的因素。這種悲涼哀怨的情感表現，固然來自文人對生命短暫、世事無常的人生體驗。但也跟當時人們對情感本身的審美認識密切相關。「悲麗平壯觀」（曹丕〈大牆上蒿行〉）「聲悲舊笳，曲美常均。……淒入肝脾，哀感頑豔。」（繁欽〈與文帝箋〉）以悲為美，以哀為豔，正是建安文人對情感本身的審美認識。

以悲為美的意識，並非起於建安。早在西漢前期，劉安就把「悲麗」的情感因素作為衡量藝術美的標準：「歌舞而不事為悲麗者，皆無有根心者。」（《淮南子·詮言訓》）東漢人更把悲情與美感聯繫起來：「美色不同面，皆溢於目；悲者不共聲，皆樂於耳。」（王充《論衡·自紀》）「知音者樂而悲之」（王褒〈洞簫賦〉），「甚悲而樂之」（馬融〈長笛賦〉）。到了建安，悲涼哀怨的情感更是普遍進入了審美的領域：「悲歌厲響，咀嚼清商。」（曹植〈元會詩〉）「高談娛心，哀箏順耳。」（曹丕〈與吳質書〉）「悲弦激新聲，長笛吐清氣。弦歌感人腸，四坐皆歡悅。」（曹丕〈善哉行〉）悲情的抒發，化為審美

的感受,而文人的生命意識中「美」的價值取向,則進一步加強了悲情的審美化。因此,建安後期文人的詩歌創作,尤其是那些以宴飲遊樂和遊子思婦為題材的作品,有相當一部分體現出情哀辭美的藝術風貌。

二 宴飲遊樂與遷逝哀痛

宴飲遊樂,是建安文人的時尚風氣。「出有微行之遊,入有管弦之歡,置酒樂飲,賦詩稱壽。」(吳質〈答魏太子箋〉)「傲雅觴豆之前,雍容袵席之上,灑筆以成酣歌,和墨以藉談笑。」(《文心雕龍·時序》)「行則連輿,止則接席,何曾須臾相失。每至觴酌流行,絲竹並奏,酒酣耳熱,仰而賦詩。」(曹丕〈與吳質書〉)大量「憐風月,狎池苑,述恩榮,敘酣宴」的宴遊詩由此而產生。

建安文人顯然是企圖借宴飲遊樂來消釋遷逝哀痛:「歡日尚少,戚日苦多。以何忘憂,彈箏酒歌。」(曹植〈善哉行〉)「日暮遊西園,冀寫憂思情。」(王粲〈雜詩〉)但是,宴飲之歡、遊覽之樂,並不那麼容易排遣內心的深重悲哀。因而,建安文人的宴遊之作,往往是在弦歌酒色的描寫中,融注著濃郁的悲涼哀怨之情。

如曹丕的〈大牆上蒿行〉,開端以「陽春無不長成,草木群類隨。大風起,零落若何翩翩」的春色凋敝景象起調。詩人觸景生情,深感「人生居天壤間,忽如飛鳥棲枯枝」,並且由

此產生「何不恣君口腹所嘗」「何不恣意遨遊」的念頭。中間一大段，便表現了詩人「綺羅輕浮」「乘堅車，策肥馬」的享樂生活，尤其是對其心愛之物——劍與冠，更以「悲麗平壯觀」、「自謂麗且美」、「綺難忘」、「飾以翠翰，既美且輕」等字眼來極力讚譽。最後一段，則在歌舞酒色的描寫中，表現了詩人留戀人生、哀歎生命的心境：

> 排金鋪，坐玉堂。風塵不起，天氣清涼。奏桓瑟，舞趙倡。女娥長歌，聲協宮商。感心動耳，盪氣迴腸。酌桂酒，鱠鯉魴。與佳人期為樂康，前奉玉巵，為我行觴。今日樂，不可忘。樂未央，為樂常苦遲。歲月逝，忽若飛。何為自苦，使我心悲。

全詩「情極暢，詞極雅」（陳祚明《采菽堂古詩選》卷五），聲色之美鋪寫得淋漓盡致，遷逝之悲表露得沉鬱哀絕，充分顯示了以悲為美的風貌。長詩如此，短歌亦然。再看曹丕一首出遊之作〈丹霞蔽日行〉：

> 丹霞蔽日，采虹垂天。谷水潺潺，木落翩翩。孤禽失群，悲鳴雲間。月盈則沖，華不再繁。古來有之，嗟我何言。

丹霞、彩虹、流水、落葉，一派清麗景致，卻因孤禽的一

聲悲鳴，頓時黯然失色。出遊者的遷逝之哀油然而起。

歌舞音樂的描寫，是建安宴遊詩的一個突出表現。歌舞音樂既可導發、體現詩人的內心情感，又可營造一個充滿美感的藝術氛圍，建安文人的哀情，往往就在歌舞音樂的藝術氛圍中達到審美的境地。上文所引的「悲弦激新聲，長笛吐清氣。弦歌感人腸，四坐皆歡悅」、「笙磬既設，箏瑟俱張，悲歌厲響，咀嚼清商」，「奏桓瑟，舞趙倡。女娥長歌，聲協宮商，感心動耳，盪氣迴腸」便是這樣的詩例。曹丕的名作〈銅雀園〉也突出表現了這一點：

朝遊高臺觀，夕宴華池陰。大酋奉甘醪，狩人獻嘉禽。齊倡發東舞，秦箏奏西音。有客從南來，為我彈清琴。五音紛繁會，拊者激微吟。淫魚乘波聽，踴躍自浮沉。飛鳥翻翔舞，悲鳴集北林。樂極哀情來，寥亮摧肝心。清角豈不妙，德薄所不任。大哉子野言，弭弦且自禁。

雖然詩人在詩的末尾，勉為其難地聲稱「弭弦且自禁」，但在詩中，卻極其形象生動地表現了歌舞音樂的藝術魅力與感染力；而詩人的哀情抒發，也正是在歌舞音樂的高潮中達到極境：「樂極哀情來，寥亮摧肝心。」有些詩歌，儘管沒有「寥亮摧肝心」般強烈的感情抒發，但字裏行間仍可見詩人慷慨悲涼的心緒。如曹丕的〈於譙作〉：

> 清夜延貴客，明燭發高光，豐膳漫星陳，旨酒盈玉觴。弦歌奏新曲，遊響拂丹梁。餘音赴迅節，慷慨時激揚。獻酬紛交錯，雅舞何鏘鏘。羅纓從風飛，長劍自低昂。穆穆眾君子，和合同樂康。

「清夜」、「明燭」、「豐膳」、「旨酒」、「新曲」、「雅舞」，儼然一個良宵佳會。但從「餘音赴迅節，慷慨時激揚」、「雅舞何鏘鏘」、「長劍自低昂」的描寫中，我們似乎可以感覺到一種燥動而又壓抑的不協調的氣氛。「穆穆眾君子」要在這種氣氛之中「和合同樂康」，恐非易事。

三　男女情思：傳統的張揚

遊子、思婦以及棄婦、寡婦等也是建安文人筆下的一個重要題材。這類詩作，大多表現了纏綿委婉的男女情思。男女情思，是中國古代文學創作的一個源遠流長的傳統。自《詩經》、《楚辭》而至兩漢的抒情詩賦，男女情思的表現綿延不絕。「自伯之東，首如飛蓬。豈無膏沐，誰適為容？」(《詩經·衛風·伯兮》)「月出皎兮，佼人僚兮。舒窈糾兮，勞心悄兮。」(《詩經·陳風·月出》)「蒹葭蒼蒼，白露為霜。所謂伊人，在水一方。溯洄從之，道路且長。溯游從之，宛在水中央。」(《詩經·秦風·蒹葭》)《詩經》中的這些作品，不僅寫得情思纏綿，而且其語言風格也在質樸中顯現出不同程度的唯

美傾向。「文辭麗雅,為詞賦之宗」(《文心雕龍・辨騷》)的屈原,其筆下的男女情思,更以「綺靡以傷情」(同前)見稱:「揚靈兮未極,女嬋媛兮為余太息。橫流涕兮潺湲,隱思君兮悱惻。」(《九歌・湘君》)「沅有茝兮澧有蘭,思公子兮未敢言。恍惚兮遠望,觀流水兮潺湲。」(《九歌・湘夫人》)

兩漢時代,儘管恢宏富麗歌功頌德的大賦稱霸文壇,但直承楚騷的抒情賦中,男女情思仍得到充分表現。雄才大略的漢武帝劉徹,在思念已故夫人時,是那樣的哀婉淒惻:「忽遷化而不返兮,魄放逸以飛揚。何靈魂之紛紛兮,哀裴回以躊躇。勢路日以遠兮,遂荒忽而辭去。超兮西征,屑兮不見。浸淫敞恍,寂兮無音。思若流波,怛兮在心。」(〈悼李夫人賦〉)風流才子司馬相如,用細膩綺麗的筆觸,生動地描寫了陳皇后長門獨處的淒怨之情:「懸明月以照兮,徂清夜於洞房。援雅琴以變調兮,奏愁思之不可長。案流徵以卻轉兮,聲幼妙而複揚。」(〈長門賦〉)失寵的班婕妤「作賦自傷悼」(《漢書・外戚傳》):「感帷裳兮發紅羅,紛綷縩兮紈素聲。神眇眇兮密靚處,君不禦兮誰為榮?俯視兮丹墀,思君兮履綦;仰視兮雲屋,雙涕兮橫流。顧左右兮和顏,酌羽觴兮銷憂。」(〈自悼賦〉)

東漢以降,文人詩日增,而其中多數皆為抒寫男女情思之作。如秦嘉的〈贈婦詩〉、〈留郡贈婦詩三首〉,徐淑的〈答秦嘉詩〉,蔡邕的〈飲馬長城窟行〉,託名蘇武的〈詩四首〉以及的描寫遊子思婦為主題的〈古詩十九首〉,都普遍表現出

35

情哀辭美的風貌。被沈約稱為「平子艷發，文以情變」(《宋書·謝靈運傳論》)的張衡，現存的〈同聲歌〉、〈四愁詩〉、〈怨篇〉皆充分體現了情思哀惋、文辭豔美的傳統。

以曹丕、曹植兄弟為首的建安文人，正是繼承這個傳統而寫下了大量表現男女情思的優美詩篇：

> 秋風蕭瑟天氣涼，草木搖落露為霜，群燕辭歸雁南翔。念君客遊思斷腸，慊慊思歸念故鄉，何為淹留寄他方？賤妾煢煢守空房，憂來思君不敢忘，不覺淚下沾衣裳。援琴鳴弦發清商，短歌微吟不能長。明月皎皎照我床，星漢西流夜未央。牽牛織女遙相望，爾獨何辜限河梁。

曹丕這首〈燕歌行〉是描寫思婦的名作。開頭三句展現了一個秋風蕭瑟、草木凋零、燕雁南翔的景象。景物描寫是古代以來思婦詩慣用的手法，《詩經·王風·君子於役》就以「雞棲於塒，日之夕矣，羊牛下來」反襯女主人公的相思孤獨之情；〈古詩十九首〉的「青青河畔草」開頭也以「青青河畔草，鬱鬱園中柳」來烘托思婦倚樓憑窗盼君歸的形象。這些景物的描寫固然頗能反襯烘托思婦的形象與心情，但相比之下，〈燕歌行〉的秋景更具匠心。「悲哉！秋之為氣也，草木搖落而變衰。」(宋玉〈九辯〉)自從宋玉以來，秋已成為悲的象徵。曹丕〈燕歌行〉的秋景描寫，很可能就是從宋玉〈九辯〉

第二章　詩歌的唯美探索

中化用而來的。同時，曹丕更進一步地突出表現「蕭瑟」、「涼」、「露為霜」、「群燕辭歸」等清秋特有的徵候物象：天上是蕭瑟的秋風，地面是凋零的草木，天地之間，候鳥（燕雁）結伴南翔⋯⋯渾然而成一個悲涼淒清的環境氣氛，而其間隱然已融匯了女主人公的哀怨情思，實可謂人未見，情已濃。「念君」以下三句，頗見情致。「念君」無疑是指女主人公思念夫君，但接下去的「客遊思斷腸，慊慊思歸戀故鄉」卻是描寫客遊他方的遊子因戀鄉思歸而愁情百轉、肝腸痛斷。也就是說，女主人公情思乍起，首先就設想夫君正在強烈地思戀故鄉（當然也思戀她自己），這樣反客為主，通過想像夫君的「慊慊思歸」，更反襯出自己對夫君壓抑不住的強烈思念，從而表現出兩人心心相印、兩心如一的深摯情感，正所謂「一種相思，兩處閒愁」（李清照〈一剪梅〉），起到了「筆以曲而愈達，情以婉而愈深」（方玉潤《詩經原始》卷六）的藝術效果。「賤妾」以下五句，才正式展開思婦的正面描寫。「賤妾煢煢守空房，憂來思君不敢忘，不覺淚下沾衣裳」三句集中描寫女主人公獨處思君的外在表現，「煢煢」、「憂來」、「淚下」的詞語反覆渲染出她那綿綿不盡的淒惋之情；「援琴凝弦發清商，短歌微吟不能長」二句進一步通過哀怨短促的清商曲調來抒發其內心情思。「短歌微吟」的描寫，形象地刻劃出思婦傷感悲愴的神情狀態。這一段描寫，頗似司馬相如〈長門賦〉對陳皇后長門獨處的刻劃：「援雅琴以變調兮，奏愁思不可長。案流徵以卻轉兮，聲幼妙而復揚。」但曹丕的〈燕歌行〉更顯

37

筆調多變而細膩，情感的表現也更婉轉而深切。在對思婦正面描寫之後，詩人的筆鋒一轉，由明月的皎皎銀輝，把女主人公的情思牽上星漢西流的夜空：「牽牛織女遙相望，爾獨何辜限河梁。」牽牛、織女二星座分處銀河兩旁，這是自然景象；無情的王母娘娘，以一道銀河隔開了恩愛的牛郎與織女，這是淒美的傳說；而天上的牽牛與織女遙隔銀河，地上的思婦與夫君天各一方；「爾獨何辜」，即「我獨何辜」！可見，最後二句，既是寫景，又是抒情；既是傳說，又是現實。情景交融，虛實相生，言簡意賅，餘味無窮。此詩通篇採用完整的七言句式（由此而開七言體先河），較之五言，七言句式的節奏尤顯緩慢遲延，詩中情思的抒發因此更顯凝重哀婉，也更增強了一唱三歎的抒情效果。〈燕歌行〉雖是樂府題目，但詩人精巧的構思、多變的筆法、華美的文辭、纖柔的情調，確實已超越了漢樂府的質樸風格而體現出濃郁的唯美色彩。王夫之曾激賞此詩：「傾情、傾度、傾色、傾聲，古今無兩。」（《船山古詩評選》卷一）

曹植的〈雜詩〉其七也是一首頗具特色的思婦詩：

> 攬衣出中閨，逍遙步兩楹。閒房何寂寞，綠草被階庭。空室自生風，百鳥翔南征。春思安可忘，憂戚與君並。佳人在遠道，妾身獨單煢。歡會難再遇，蘭芝不重榮。人皆棄舊愛，君豈若平生。寄松為女蘿，依水如浮

萍。束身奉襟帶,朝夕不墮傾。倘終顧盼恩,永副我中情。

與曹丕的〈燕歌行〉不同,曹植這首〈雜詩〉一開始便落筆於對思婦的描寫:「攬衣出中閨,逍遙步兩楹」。逍遙漫步,貌似平實閒逸,實是含而不露。接著四句轉入寫景:寂寞冷落的空房,綠草蔓生的階庭,身旁涼風流轉,遠方百鳥南翔。此番景致,雖遠不如〈燕歌行〉的秋景那樣蕭瑟淒涼,但其冷落孤寂的氣氛,卻也蕩起了女主人公的愁思。與〈燕歌行〉相似的是,此詩也以候鳥南翔的描寫,承接引發了女主人公的相思之情:「春思安可忘,憂戚與君並。佳人在遠道,妾身獨單煢」。思春,即思春歡情。歡情難忘,但交織並生的是思君之憂戚。正因為君在遠道,我獨單煢。接下去四句,思婦的憂慮更深一層:歡情難繼,猶如蘭芝凋零,望君一如既往,不忘舊情。至此,思春歡情已盡,憂戚愁雲籠罩了思婦的心頭。「寄松為女蘿,依水如浮萍。束身奉襟帶,朝夕不墮傾。」托物言志,吐訴衷腸,表達思婦對夫君的依戀與忠貞始終如一。末二句筆意輕輕一轉:「倘終顧盼恩,永副我中情」憂戚之中,仍期盼著夫君莫負我心。整首詩著重運用工細的筆法,刻劃女主人公的複雜心理:獨居的惆悵、歡情的眷戀、思君的憂戚、熱切的期盼⋯⋯把思婦執著而又敏感,深情而又多慮的心態表現得細膩而委婉。

魏晉詩歌的審美觀照　上編

第三章　女色遊娛之風的審美表現

一　女色：禁區的突破

　　由上所見，建安時代以抒寫男女情思為主的詩作，大都表現出情辭兼美的風貌。詩中的主人公，也大都以女性為主。自從孔子斥「鄭聲淫」（《論語・衛靈公》），「惡鄭聲之亂雅樂」（《論語・陽貨》）以來，男女情思與女色一直成為儒家攻擊的對象：「姚冶之容，鄭衛之音，使人之心淫。」「故君子耳不聽淫聲，目不視女色。」（《荀子・樂論》）「鄭音好濫淫志，宋音燕女溺志，衛音趨數煩志，齊音敖辟喬志。此四者，皆淫於色而害於德。」（《樂論・魏文侯篇》）在「禮樂崩壞」（《後漢書・五行志》）「人當道情」（《三國志・魏志・鍾繇傳》）的漢末建安時代，表現男女情思的作品大量湧現，無疑是對儒家「損其欲而輟其情以應天」（董仲舒《春秋繁露・深察名號》）的傳統規範的重大突破。在一些詩中，建安文人還進一步把描寫的筆觸深入到儒家禮教防範最為嚴厲的禁區——女性美（即所謂「女色」）的表現之上：

　　　　泛泛綠池，中有浮萍。寄身流波，隨風靡傾。芙蓉含芳，菡萏垂榮。朝采其實，夕佩其英。采之遺誰？所

思在庭。雙魚比目,鴛鴦交頸。有美一人,婉如清揚。知音識曲,喜為樂方。(曹丕〈浮萍篇〉)

有美一人,婉如清揚。妍姿巧笑,和媚心腸。知音識曲,善為樂方。哀弦微妙,清氣含芳。流鄭激楚,度宮中商。感心動耳,綺麗維忘。離鳥夕宿,在彼中洲。延頸鼓翼,悲鳴相求。眷然顧之,使我心愁。嗟爾昔人,何以忘憂?(曹丕〈善哉行〉)

有美一人,被服纖羅。妖姿豔麗,蓊若春華。紅顏韡曄,雲髻嵯峨。張琴撫節,為我弦歌。清濁齊均,既亮且和。取樂今日,遑恤其他。(曹植〈閨情〉)

「有美一人,婉如清揚」是《詩經·鄭風·野有蔓草》中描寫美人的詩句,曹丕的〈浮萍篇〉與〈善哉行〉襲用過來進一步加以表現歌妓之美。但二詩的表現方式略有不同。〈浮萍篇〉先以浮萍為比興,所用的意象很有美感:「泛泛綠池,中有浮萍。寄身流波,隨風靡傾。」綠水泛波飄浮萍,隨風流蕩,輕搖靡傾,這是一個清幽雅致的景象,動中寓靜,靜中有動。「芙容含芳,菡萏垂榮」,芙蓉即菡萏,互文見義,以含芳吐馨的芙蓉花來形象地喻寫歌妓之嬌顏媚態。接下去的六句則轉向情思的表現,采實佩英、雙魚比目、鴛鴦交頸……意象何其綺美,情意何其纏綿!這六句詩的詞語及意象運用,充分體現出曹丕對文學遺產的繼承。「朝采」二句,頗有楚騷之遺風:「朝搴阰之木蘭兮,夕攬洲之宿莽。」「制芰荷以為衣兮,

集芙蓉以為裳。」(〈離騷〉)「采之」二句,則化用了〈古詩十九首‧涉江采芙蓉〉中的「采之欲遺誰?所思在遠道。」下一聯中的「鴛鴦交頸」更是漢樂府民歌常用來表達愛情的意象:「南山一樹桂,上有雙鴛鴦。千年長交頸,歡慶不相忘。」(〈古絕句〉)這些典故本身就已具有情深意美的特徵,詩人是採取由景而情,由情而人的步步遞進的外在結構。但到了詩的末四句,人(歌妓)的身份明瞭之後,前面景物的比興之義便不言而喻了,這又體現出一種前後呼應、回還往復的內在結構。

與〈浮萍篇〉不同,在〈善哉行〉中,詩人開篇便描寫歌妓的清婉妍媚之美:「有美一人,婉如清揚。妍姿巧笑,和媚心腸。」「妍姿巧笑」是刻劃美人的外在美,「和媚心腸」則表現美人的內在美。如此美人,足以讓人怦然心動,而「知音識曲,善為樂方」的美人,更以「哀弦微妙,清氣含芳。流鄭激楚,度宮中商」充滿激情的演奏,進一步引起詩人情感的強烈共鳴:「感心動耳,綺麗難忘!」「綺麗」既指美妙動聽的曲樂,也指曲中蘊含的情感,更指妍姿和媚的美人。正因如此,才致使詩人產生「延頸鼓翼,悲鳴相求」的情思。然而求之不得,只能嗟歎眷顧,憂愁不已。

曹丕的〈浮萍篇〉與〈善哉行〉在刻劃歌妓美的同時,都融和了情思的表現,而曹植的〈閨情〉,則完全沒有綿綿的情思。〈閨情〉一開始便重彩濃抹地鋪飾歌妓的豔美:「有美一人,被服纖羅。妖姿豔麗,蓊若春華。紅顏韡曄,雲髻嵯

峨」。曹丕寫歌妓的外形美是「妍姿巧笑」，不僅僅表現嬌妍的體態身姿，還表現了靈巧的音容笑貌。曹植的〈閨情〉則著眼於身姿體態之美，而且是妖豔的美，還進一步以「蓊若春華」（濃郁如春天的鮮花）來補充強調；「紅顏」也以「韡曄」（華盛貌）來修飾。下面描寫的弦歌曲調，也不像曹丕詩的「哀弱微妙，清氣含芳」，而是「清濁齊均，既亮且和」——一派和諧升平的氣氛。曹植正是希求在這種豔色和歌的氣氛中，「取樂今日，遑恤其他！」——只求樂今時，何必憂他日！在現實中，曹植有十分強烈的功名心：「捐軀赴國難，視死忽如歸。」（〈白馬篇〉）「閒居非吾志，甘心赴國憂。」（〈雜詩〉）「撫劍西南望，思欲赴泰山。」（同上）但是在太子之位的爭鬥戰中，他輸給了曹丕，此後一直鬱鬱不得志。政治上不能有所作為，曹植更多地沉溺於聲色宴遊的生活之中。於是出現了這個有意思的現象：作為政治上的勝利者，曹丕的詩不僅甚少功名心，所存的詩，也是哀情多於逸興；曹植的詩的功名心顯然遠遠超於曹丕，其現存詩作的總體情調，則是逸興多於哀情。在以女性為中心的詩作（如思婦與棄婦詩等）中，曹丕重於情的抒寫，曹植除了情思的表現之外，更長於外形美的刻畫。或許正因如此，在後人的評價中，曹丕獲得「便娟婉約，能移人情」（沈德潛〈古詩源〉卷五）的稱譽，而曹植卻有「三河少年，風流自賞」（敖陶孫〈詩評〉引敖器之語）的美名。

曹植在〈妾薄命〉詩中對聲色的極寫，充分表現其「風流自賞」的本色：

攜玉手,喜同車,北上雲閣飛除。釣台蹇產清虛,池塘靈沼可娛。仰泛龍舟綠波,俯擢神草枝柯。想彼宓妃洛河,退詠漢女湘娥。日既逝矣西藏,更會蘭室洞房。華燈步障舒光,皎若日出扶桑。促樽合坐行觴,主人起舞娑盤。能者穴觸別端,騰觚飛爵闌干。同量等色齊顏,任意交屬所歡。朱顏發外形蘭,袖隨禮容極情。妙舞仙仙體輕,裳解履遺絕纓。俯仰笑喧無呈,覽持佳人玉顏。齊舉金爵翠盤,手形羅袖良難。腕弱不勝珠環,坐者歎息舒顏。御巾裹粉君傍,中有霍納都梁。雞舌五味雜香,進者何人齊姜。恩重愛深難忘,召延親好宴私。但歌杯來何遲,客賦既醉言歸。主人稱露未晞。

後人曾評之曰:「獨此辭風清流麗,百詠不厭。」(陳祚明《采菽堂古詩選》)百詠不厭,或為過譽;風清流麗,倒是道出此詩的特色。

縱覽建安詩歌,表現女性美最成功的作品,便是被葉燮譽為「千古絕作」(《原詩‧外篇下》)的曹植的〈美女篇〉。自古以來,論者幾乎都一致認為這首詩寄寓了作者懷才不遇,在政治上被棄置的悲怨之情。這種說法是否妥當且當別論。不管怎樣,詩中對女性美的出色描寫卻是古今論者一致激賞的。此詩共三十句,前十四句便是對美女的集中描寫:

美女妖且閑,采桑歧路間。柔條紛冉冉,落葉何翩

翩。攘袖見素手，皓腕約金環。頭上金爵釵，腰佩翠琅玕。明珠交玉體，珊瑚間木難。羅衣何飄飄，輕裾隨風還。顧盼遺光采，長嘯氣若蘭。……

詩一開始便用豔麗的閒雅（妖且閑）來概括女主人公的美，繼而以「柔條紛冉冉，落葉何翩翩」的采桑情景，顯示了美女的身手敏捷靈巧。接下去，則用細膩的筆法，依次鋪美女的服飾、姿容與神采。用這種筆法來寫美女，在漢樂府民歌中已有表現，如〈桑上行〉對羅敷的描寫就是以「頭上倭墮髻，耳中明月珠。緗綺為下裙，紫綺為上襦」四句分寫髮型、耳飾和衣著。曹植顯然是受了民歌的影響與啟發，但也表現出自己和特點：既然前面寫采桑，承接下來，自然而然就從摘桑葉的手寫起：「攘袖見素手，皓腕約金環。」采桑，自然要挽起衣袖，挽起衣袖，便顯露出纖纖玉手，潔白手腕上的金手鐲也就自然映入人們的眼簾。這樣的過度，十分自然，不露痕跡，而又帶起了以下的鋪寫：頭上插著雀狀金釵，腰間佩掛著青翠美玉，紅、碧珠子，交錯遍綴全身，綢衣輕拂，衣襟隨風揚起……視線由手腕而頭上，又轉下腰間，再落在服飾，次第鋪衍，步步探勝。至此，筆勢已盛，美意已濃。而就在此際，詩人再推出畫龍點睛般的神來一筆：「顧盼遺光采，長嘯氣若蘭」——美眸流盼，光彩頓生；嘯歌一曲，馨韻遠揚。一個絕代佳人的形象躍然紙上。這神來的一筆關鍵在於「顧盼」。眼睛是心靈的窗戶，「傳神寫照正在阿堵（眼睛）中」（《世說新

語·巧藝》)。「顧盼遺光彩」,整個美人形象才更顯嫵媚神靈動。以目傳神的描寫,在以往的詩賦中有不少先例。《詩經·衛風·碩人》就以「巧笑倩兮,美目盼兮」來刻劃莊姜的妍媚之美;《楚辭·招魂》也以「嬉光眇視,目曾波些」來表現美人酒後的嬌慵醉態;宋玉〈登徒子好色賦〉中「含喜微笑,竊視流眄」,託名宋玉的〈神女賦〉中的「眸子炯其精朗兮,瞭多美而可觀」「目略微眄,精其相授」也都是通過眼睛(眼神)的描繪來增添美女形象的光彩。曹植在其〈洛神賦〉中,也同樣用「明眸善睞」「轉眄流精」來刻劃洛水之神。以上的描寫,雖然不乏有出色之外,可惜卻未能與作品中其他對人物刻劃的句子有機結合,故未能起到畫龍點睛的「神來一筆」的關鍵性作用。

在儒家的傳統倫理觀念之中,女色就猶如洪水猛獸:「好女之色,惡者之孽也。」(《荀子·君道》)「美色之人,懷毒螫也。」(王充《論衡·言毒》)連身為女人的班昭也宣稱:「婦容,不必顏色美麗也。」(班昭《女誡·婦行》)然而,建安文人卻反其道而行之:「婦人者,才智不足論,自宜以色為主。」(《三國志·魏志·荀彧傳》注引荀粲語)在現實生活中,建安文人也甚為崇尚「以色為主」的女性化的美。如劉備喜著「美衣服」(《三國志·先主傳》),曹操「被服輕綃,身自佩小鞶囊,以盛手中細物」(《三國志·武帝紀》注引〈曹瞞傳〉),何晏的表現更突出:「晏尚主,又好色。……性自喜,動靜粉白(帕)不去手,行步顧影。」(《三國志·魏志·曹爽傳》注引

《魏略》)「魏尚書何晏好服婦人之服。」(《宋書‧五行志》)「何平叔美姿儀,面至白,魏明帝疑其傅粉。」(《世說新語‧容止》)曹植也喜傅粉:「植初得邯鄲淳甚喜,延入坐,不先與談,時天暑熱,植因呼常從取水自澡訖,傅粉,遂科頭拍袒胡舞五椎鍛,跳丸擊劍,誦俳優小說數千言。」(《三國志‧魏志‧王粲傳》)熏衣取香也一時成風,[14] 以至「帝將乘馬,馬惡衣香,驚齧文帝膝。」(《三國志‧魏志‧朱建平傳》)這種風尚或不足稱許,然而,也或許正是這種「以色為主」、愛美尚色的觀念與風尚,致使建安文人在大量以女性為主的詩歌創作中,不僅重於情思的抒發,也重於對女性容顏、服飾、體態、風姿等外在美的刻畫,從而促進了詩歌創作的唯美傾向。

二　遊娛:暢此千秋情

　　在生命易逝,人生無常的遷逝感困擾下,建安文人的生活固然籠罩著濃郁的哀怨悲涼的氣氛,但是,建安文人顯然並不甘心終日受困於遷世感的哀傷憂懼之中。他們驚歎生命短促,更企望抓住有限的生命盡情享樂人生;他們痛惜生命美的消逝,更嚮往人生美的擁有。宴遊聲色之舉,其實就是建安文人這種心態的具體表現。

　　前面所舉的宴遊詩,儘管融匯著哀怨悲涼的情調,卻也往

---

[14] 《太平御覽》九百八十一引〈魏武令〉云:「昔天下初定,吾便禁家內不得薰香,後安息諸國為其香,因此得香燒,吾不好燒香,恨不遂所禁;今復禁不得燒香,其以香藏衣著身亦不可。」由此可知當時薰香之風已相當盛行。

第三章　女色遊娛之風的審美表現

往透露出力圖超脫遷逝感的困擾，盡情享樂人生的意緒：「今日樂，不可忘。樂未央，為樂常苦遲。」（曹丕〈大牆上蒿行〉）因此，在一些反映遊娛聲色的詩中，哀傷之情消隱，詩人集中表現的是世間的歡情，人生的樂趣。如：

> 夏時饒溫和，避暑就清涼。北坐高閣下，延賓作名娼。嘉肴重疊來，珍果在一傍。棋局縱橫陳，博奕合雙揚。功拙更勝負，歡美樂人腸。從朝至日夕，安知夏節長。（曹丕〈夏詩〉）
>
> 良辰啟初節，高會極歡娛。通天拂景雲，俯臨四達衢。羽爵浮象樽，珍膳盈豆區。清歌發妙曲，樂正奏笙竽。曜靈忽西邁，炎燭繼望舒。翊日浮黃河，長驅旋鄴都。（曹丕〈孟津〉）

在這些詩中，「世積亂離」（《文心雕龍‧時序》）的時代特徵消隱無跡，作者只通過暑天納涼與佳宴酒色的描寫，表現人們終日歡娛、樂以忘憂的情形。曹植的〈名都篇〉更是突出表現了貴族子弟縱情宴遊聲色的時尚：

> 名都多妖女，京洛出少年。寶劍直千金，被服麗且鮮。鬥雞東郊道，走馬長楸間。馳騁未能半，雙兔過我前。攬弓捷鳴鏑，長驅上南山。左挽因右發，一縱兩禽連。餘巧未及展，仰手接飛鳶。觀者咸稱善，眾工歸我

妍。歸來宴平樂，美酒斗十千。膾鯉臇胎鰕，炮鱉炙熊蹯。鳴儔嘯匹侶，列坐竟長筵。連翩擊鞠壤，巧捷惟萬端。白日西南馳，光景不可攀。雲散還城邑，清景復來還。

詩人以大部分的篇幅鋪敘了貴族少年鬥雞、走馬、獵兔、射鷹、縱酒、蹴鞠、擊壤等生活畫面。貴族少年之所以如此縱情歡娛，正因為深感「白日西南馳，光景不可攀」。這種及時玩樂、縱逸無度的生活，固然反映了貴族階層消極奢侈的人生觀，但詩中對寶劍麗服、美酒珍肴、酣嬉狂歡、紙醉金迷畫面的描述，倒是體現出一種琳琅滿目誇飾華麗的語言風貌。胡應麟曾指出：「子建〈名都〉、〈白馬〉、〈美女〉諸篇，辭極贍麗，然句頗工，語多致飾。視東西京樂府天然古質，殊自不同。」（《詩藪‧內篇》）漢樂府民歌的題材大多為民生疾苦，故表現出「天然古質」的語言特色；而曹植的〈名都〉等詩「辭極贍麗」、「語多致飾」，很大程度正決定於其題材是表現貴族生活的特殊性。

宴飲與遊覽是建安宴遊詩題材的兩大組成部分。有的詩，把宴飲與遊覽交織在一起表現，如前文所舉的〈銅雀園〉等。但相當一部分詩，則是以遊覽的題材為描寫的主要對象。在這些遊覽詩中，詩人以優美的文筆，描繪了京郊或園苑種種清新雅致的美景佳境。如曹丕的〈於玄武陂作〉：

第三章 女色遊娛之風的審美表現

兄弟共行遊，驅車出西城。野田廣開闢，川渠互相經。黍稷何鬱鬱，流波激悲聲。菱芡覆綠水，芙蓉發丹榮。柳垂重蔭綠，向我池邊生。乘渚望長洲，群鳥歡嘩鳴。萍藻氾濫浮，澹澹隨風傾。忘憂共容與，暢此千秋情。

詩中雖有「流波激悲聲」的描寫，然而，開闊的田野，鬱鬱的莊稼，清澈的流水，紅豔的荷花，蔭綠的垂柳，歡鬧的群鳥，徐徐的涼風，漂浮的萍藻……這一切，足以使詩人「忘憂共容與，暢此千秋情！」人生無常、世事維艱的憂慮已消溶在大自然的美景之中，詩人抒發的則是身處此境所體會到的暢逸之興。暢逸之興，也是人情的自然感發。與曹丕同時代的仲長統便稱：「愜快以志，人情之所欲也。」（《全後漢文》卷八十九引）愜快者，暢逸之興也。如果說，宴飲詩多是從酒色歌舞中表現哀怨之情的話（如前述），那麼，遊覽詩則大多是在美景佳境的描繪中抒發暢逸之興，又如：

乘輦夜行遊，逍遙步西園。雙渠相溉灌，嘉木繞通川。卑枝拂羽蓋，修條摩蒼天。驚風扶輪轂，飛鳥翔我前。丹霞夾明月，華星出雲間。上天垂光彩，五色一何鮮。壽命非松喬，誰能得神仙？遨遊快心意，保己終百年。（曹丕〈芙蓉池作〉）

公子敬愛客，終宴不知疲。清夜遊西園，飛蓋相追

51

隨。明月澄清影，列宿正參差。秋蘭被長阪，朱華冒綠池。潛魚躍清波，好鳥鳴高枝。神飆接丹轂，輕輦隨風移。飄搖放志意，千秋長若斯。（曹植〈公宴〉）

景物之美，使詩人忘卻世間的一切憂愁，有限的生命便在這短暫的審美體驗中得到無限的延長：「遨遊快心意，保己終百年。」「飄搖放志意，千秋長若斯。」

《詩經》中雖然已有景物描寫，但這些景物描寫或用來表現古人泛神的自然崇拜[15]（如〈周頌·時邁〉），或藉以讚頌君德武威（如〈魯頌·閟宮〉），或體現實用功利觀（如〈小雅·信南山〉），或作為人們情感活動的烘托、渲染、映襯（如〈王風·黍離〉、〈鄭風·風雨〉、〈豳風·東山〉、〈秦風·蒹葭〉等）。《楚辭》中的景物也主要是起到比興的作用，仍未成為詩歌表現的主體。建安文人這一批以景物為描寫主體的遊覽詩，無疑是開拓了詩歌表現題材的新領域。雖然建安文人遊覽的目的的主要是「忘憂共榮與」、「飄搖放志意」，但他們對景物的態度，已具有審美的傾向。如劉楨的〈公宴詩〉：

永日行遊戲，歡樂猶未央。遺思在玄夜，相與復翱翔。輦車飛素蓋，從者盈路傍。月出照園中，珍木鬱蒼

---

[15] J. D. Frodsham 認為，中國人對山水的認識最早起源於巫術，山水自然長期被當作敬畏、崇拜的物件，由此而喚起的原始宗教情感，卻未能很好地結合進當時的文學創作之中。參見 J. D. Frodsham, *The Murmuring Stream* (Kuala Lumpur: University of Malaya Press, 1967), p. 90.

第三章　女色遊娛之風的審美表現

蒼。清川過石渠，流波為魚防。芙蓉散其華，菡萏溢金塘。靈鳥宿水裔，仁獸遊飛梁。華館寄流波，豁達來風涼。生平未始聞，歌之安能詳。投翰長歎息，綺麗不可忘！

詩人「長歎息」、「不可忘」的，正是月夜園林的綺麗之美。景色之美常常使他們流連忘返：

列車息眾駕，相伴綠水湄。幽蘭吐芳烈，芙蓉發紅暉。百鳥何繽翻，振翼群相追。投網引潛魚，強弩下高飛。白日已西邁，歡樂忽忘歸。（王粲〈雜詩〉其二）

「歡樂忽忘歸」其實已是某種程度的審美體驗。他們在詩中對景物的描寫，更表現出有相當程度的審美鑑賞能力。如上文的「幽蘭吐芳烈，芙蓉發紅暉。百鳥何繽翻，振翼群相追。」前面所引的「丹霞夾明月，華星出雲間。上天垂光彩，五色一何鮮。」「菱芡覆綠水，芙蓉發丹榮。柳垂重蔭綠，向我池邊生。乘渚望長洲，群鳥歡譁鳴。萍藻氾濫浮，澹澹隨風傾。」「明月澄清影，列宿正參差。秋蘭被長阪，朱華冒綠池。潛魚躍清波，好鳥鳴高枝。」以及繁欽的〈槐樹詩〉：「嘉樹吐翠葉，列在雙闕涯。旖旎隨風動，柔色紛陸離。」這些景物的表現，無論是形狀的描摹、光影的捕捉、聲響的擬寫以及色彩的渲染，都給人以極美的感受。

遊覽，顧名思義，即邊遊邊覽。因而，遊覽詩往往是隨著遊的時間行進，而逐步展現不同空間的景色，體現出時空綜合的流動美的特徵。例如〈於玄武陂作〉表現驅車遊京郊，先由「田野廣開闢，川渠互相經」的大全景寫起，隨後次第展現鬱鬱的黍稷、激蕩的流波、水面的菱荷、岸邊的垂柳、長洲的喧鳥、漂浮的萍藻……；劉楨〈公讌詩〉的景物描寫，也由大全景寫起：「月出照園中，珍木鬱蒼蒼。」以下諸景，景景不離水。可見這個園中的景物主要是集中在「清川」、「金塘」一帶的水邊，其空間遠不如京郊那麼開闊。但由於詩人邊遊邊覽，便產生移步換形、一步一景、曲折騰挪的美感效應；曹丕〈芙蓉池作〉的景物表現，則突破了地面的有限空間，由渠邊的嘉木，寫到摩天的枝條，繼而從空中的驚風、飛鳥，延展到隱現於雲霞的明月華星及滿天的五色光彩。而這種景致的延展迭變，仍體現出時空交融的流動美的特徵。

吳喬在〈答萬季野詩問〉中曾指出：「建安之詩，敘景已多，日甚一日。」其實，建安前期以景物描寫為主的詩甚少，只有曹操的〈觀滄海〉[16]有較突出的景物表現：

---

[16] 一般認為，該詩作於建安十二年（西元207年）曹操北征烏桓途中。參見北京大學中國文學史教研室編《魏晉南北朝文學史參考資料》（北京：中華書局，1963），頁10。J. D. Frodsham認為此詩缺乏哲理的表現，致使詩中的景物描寫未能具有更深刻的真理象徵意義，故必須將它與後世的山水詩劃分開來。見 *The Murmuring Stream*, p. 92。我認為，曹操的〈觀滄海〉確實不像後世（尤其是晉末、劉宋年間）的山水詩那樣，具有哲理的表現，但若據此將它逐出山水詩之列，卻是舍本求末的做法。須知，哲理的表現並非山水詩的本質所在，南朝中後期的山水詩，正是在淡化、摒除了對哲理表現的依附之後，才走向成熟的。

東臨碣石，以觀滄海。水何澹澹，山島竦峙。樹木叢生，百草豐茂。秋風蕭瑟，洪波湧起。日月之行，若出其中。星漢燦爛，若出其裏。幸甚至哉，歌以詠志。

此詩寫景，大開大闔，海空渾然，「有吞吐宇宙氣象」（沈德潛《古詩源》卷五）。到了建安後期，曹丕、曹植等人的大量宴遊詩出現，才真正是「敘景已多，日甚一日」，而且曹氏兄弟等人的敘景之作，跟曹操詩迥然不同。曹操的〈觀滄海〉縱目於滄海與山島等蒼莽景色，曹氏兄弟等人則優遊於園苑京郊的旖旎風光；曹操寫景從大處落筆，曹氏兄弟等人的景物描寫則更見精巧細膩；曹操的〈觀滄海〉在磅 氣勢中顯示了王者風範，曹氏兄弟等人的敘景之作則在綺麗辭藻中蘊含著文士情韻。〈觀滄海〉雖亦可稱為寫景佳篇，但曹氏兄弟等人的敘景之作對後世的影響卻更為深遠：兩晉的景物詩，以及南朝的山水詩、詠物詩，在表現手法與藝術風貌方面，莫不與曹氏兄弟等人的敘景之作（主要是遊覽詩）有或隱或明的承傳關係（詳見後文）。

三　唯美詩潮的第一簇浪花

黃侃在《詩品講疏》中論及建安詩歌時說道：「詳建安五言，毗於樂府，魏武之作，慷慨蒼涼，所以收束漢音，振發魏響。文帝兄弟所撰樂府最多，雖體有所同，而詞貴新創，聲不

變古,而采自己舒。其餘雜詩,皆崇藻麗。」大體上說,黃侃的評論是準確的,但仍有需要補充之處。從建安詩歌總體創作來看,漢樂府的影響是很明顯的。僅曹氏家族(包括操、丕、植及明帝)的現存詩作,樂府詩便占了約百分之六十五。[17] 但從表現的內容看,曹氏樂府已超越了漢樂府的範圍,不僅反映動亂的社會現實,還表現了建功立業的抱負,及個體生命意識所引發的各種情感,乃至文人的宴遊之舉與慕仙之思。而曹丕、曹植的樂府詩更是甚少漢樂府那樣的質樸風格,更多表現為繼承並發展楚辭、漢賦及東漢文人詩(主要指張衡等人的詩)的華詞麗藻與藝術表現手法,在朝文人化方向演進[18]的同時,體現出崇麗尚美的傾向。這種崇麗尚美的傾向,在他們的雜詩(即非樂府詩)中表現得更為突出。故黃侃強調「其餘雜詩,皆崇藻麗」。建安七子的現存詩作,也大都是崇尚藻麗的「雜詩」。[19] 崇麗尚美,無疑表明了建安文人對詩歌藝術的自覺追求,如前所述,曹丕的文學(詩賦)觀就是標舉著「欲麗」的旗幟。

---

[17] 據丁福保《全漢三國晉南北朝詩》統計(下同),曹操存詩二十二首,全是樂府;曹丕存詩四十四首(包括闕文),樂府占一半;曹植存詩一百多首(包括闕文),其中樂府六十多首(包括闕文);明帝(睿)存詩十二首,全是樂府。

[18] 自《詩經》、而《楚辭》、而東漢文人詩,正是一個詩歌創作文人化的發展過程。

[19] 據統計,孔融存詩七首,無一是樂府;王粲存詩二十四首,樂府僅五首;陳琳存詩四首,樂府占一首;徐幹存詩四首,無一樂府;劉楨存詩十五首(包括闕文),無一樂府;阮瑀存詩十二首,樂府僅一首;應氏兄弟存詩共十三首,無一樂府。

第三章 女色遊娛之風的審美表現

　　建安詩歌這種綺麗華美的藝術表現，頗受後人推崇：「二祖、陳王，咸蓄盛藻，甫乃以情緯文，以文被質。……子建、仲宣以氣質為體，並標能擅美，獨映當時。」（沈約《宋書‧謝靈運傳論》）然而後人對建安文人的異議，又大多針對他們的詩文的綺麗華美：「子桓雅秀而傷於弱。」（成書焞雲《多歲堂古詩存》）「子建健哉，而傷於麗。」（《詩友詩傳錄》卷三引張篤慶語）「子建天才流麗，雖譽冠千古，而實遜父兄。何以故？材太高，辭太華。」（王世貞《藝苑卮言》卷三）隋代李諤則指責：「魏之三祖，更尚文詞，忽人君之大道，好雕蟲之小藝。下之從上，有同影響，競騁文華，遂成風俗。江左齊梁，其弊彌甚，貴賤賢愚，唯務吟詠。」（〈上隋文帝革文華書〉）唐人的抨擊也甚為激烈：「賈馬蔚興，已虧於雅頌；曹王傑起，更失於風騷。」（楊炯〈王勃集序〉）「屈宋導澆源於前，枚馬張淫風於後。……而魏文用之中國衰，宋武貴之江東亂。」（王勃〈上吏部裴侍郎啟〉）「洎騷人怨靡，揚馬詭麗，班、張、崔、蔡、曹、王、潘、陸揚風扇飆，大變風雅，宋齊梁陳，蕩而不返。」（賈至〈工部侍郎李公集序〉）「屈宋以降，則感哀樂而亡雅正，魏晉以還，則感聲色而亡風教，……故淫麗形似之文皆亡國哀思之音也。」（柳冕〈與滑州盧大夫論文書〉）李白的「自從建安來，綺麗不足珍。」（〈古風〉其一）便把建安視為六朝綺麗文風的源頭。還有一種矛盾的認識，如沈約既推崇「二祖、陳王，咸蓄盛藻」，又指他們「主愛雕蟲，家棄章句。」（〈臧燾傳論〉）唐代魏顥的評述更表現出理論上混亂與邏輯上

57

的自相矛盾:「〈六經〉糟粕〈離騷〉,〈離騷〉糠秕建安七子。七子至白,中有蘭芳,情理宛約,詞句妍麗。」(〈李白文集序〉)

歷代論家對建安詩歌「綺麗」的指責(包括矛盾的認識),都是以儒家文藝本乎教化的觀念為立足點的;而建安文人標舉「詩賦欲麗」,恰恰就是以張揚文學自身的藝術生命,來掙脫詩教的束縛,從而走上獨立發展的道路。固然,過份追求形式華美會失之偏頗。但是,從前面的論述可見,建安詩歌——儘管是後期的建安詩歌也並沒有走上追求純形式美的道路,而是表現為華美的形式與較充實的內容相統一,也就是沈約在《宋書·謝靈運傳論》中所說的:「以情緯文,以文被質。」這也正是建安詩歌的主導風格。建安詩歌對後世的影響亦是體現在這方面。即使南朝唯美詩風盛行之際,文人們也都是大力宣導文質彬彬的風格:「麗而不浮,典而不野,文質彬彬,有君子之致。」(蕭統〈答湘東王求文集及詩苑英華書〉)「豔而不華,質而不野,博而不繁省而不率,文而有質,約而能潤,事隨意轉,理逐言深,所謂菁華,無以間也。」(蕭繹〈內典碑銘集林序〉)「質不傷文,麗而有體。」(王僧孺〈詹事徐府君集序〉)「吟詠性靈,豈惟薄伎;屬詞婉約,緣情綺靡。」(王筠〈昭明太子哀冊文〉)唐人所推崇、提倡的「漢魏風骨」,也正是「骨氣端翔,音情頓挫,光英朗練,有金石聲」(陳子昂〈修竹篇序〉)的文質彬彬的風格。

尤為重要的是,在中國文學史第一個文人詩歌創作高潮

中，建安文人便高倡「欲麗」的詩歌藝術追求，其影響無疑是積極而十分深遠的。六朝近四百年追求探索詩歌藝術規律的漫長歷程，正是建安文人的「欲麗」詩賦觀為光輝的起點。在這個意義上，也可以說，建安文人崇麗尚美的詩歌創作，就是伴隨著文學自覺時代洪流的呼嘯，而掀起的六朝唯美詩潮的第一簇耀眼的浪花。

魏晉詩歌的審美觀照　上編

中　編

玄　思　孕　美

　　相對建安而言，正始[1]是文學較沉寂的時代，而這個時期的文學風貌也發生了較大的變化。對此，以往論者大多只從「天下多故」(《晉書·阮籍傳》)的社會政治背景去尋找原因，而忽視了一個重要的歷史現象：正始時代，也正是魏晉新哲學——玄學興起並迅速達到鼎盛的時代。一般認為，魏晉玄學分成三個發展階段：即何晏、王弼的「貴無」；阮籍、嵇康的「任自然」；向秀、郭象的「崇有」。在這三個階段中的六個代表人物，便有五人主要是生活在正始時代。[2] 其中王弼的玄學理論更代表了魏晉玄學的最高水準，而阮籍、嵇康又同時是正始文學的代表人物。因此，我們不能不考慮正始玄學與文學之間的關係。其實，古人早已注意到這個問題。唐人李善便說：「虛玄流正始之音。」[3] 從文學創作的實際看，正始文學與玄學之間的關係也是十分密切的。有些歷來被視為文學作品的文章，如阮籍的〈大人先生傳〉和〈清思賦〉、嵇康的〈與山巨源絕交

---

[1] 「正始」是魏齊王（芳）的年號，即西元240至249年，共十年。而正始文學的時間則包括了上起魏明帝青龍元年（233），下迄魏元帝咸熙元年（264），共三十一年。
[2] 只有郭象屬晉代人。郭象的「崇有」說，主要也是繼承「竹林七賢」之一的向秀而發展的。
[3] 蕭統編、李善注《文選》（北京：中華書局，1990），頁3。

書〉與〈琴賦〉,其主旨原本就是闡發玄思哲理。就正始詩歌創作而言,玄學的影響也十分明顯。甚至可以說,阮籍和嵇康就是「最早的玄言詩代表詩人」(the earliest poetic exponents of neo-Taoism)。[4] 我們還可發看到這麼一個有意義的現象:在正始詩歌中,體現玄思哲理的作品,往往也是最具有藝術性、最有唯美傾向的作品。據此,我們探討魏晉唯美詩風發展在正始時代的表現,絕不能忽略玄學這麼一個重要的因素。當然,玄學與詩歌的關係,並不止於玄思哲理的直接表述。更重要的是玄學對正始文人的思維方式、人生理想、價值觀念、以及審美情趣的深刻影響,並由此促成詩歌內容題材、表達方式及美學風貌的變化。

---

[4] J. D. Frodsham, *The Murmuring Stream* (Kuala Lumpur: University of Malaya Press, 1967), p. 91.

第一章　自然之道與白賁之美

一　萬有獨化與山水之遊

魏晉玄學是宇宙本體哲學。無論「貴無」、「任自然」、「崇有」，皆把「自然之道」視為宇宙的最終本源[5]。且看正始玄學家的表述：

> 魏正始中，何晏、王弼等祖述老莊，立論以為天地萬物皆以無為為本。無也者，開物成務，無往不存者也。陰陽恃以化生，萬象恃以成形。(《晉書・王衍傳》)
>
> 夫道者，惟無所有也。……天地以自然運，聖人以自然用。自然者，道也。(《列子・仲尼篇》注引何晏〈無名論〉)
>
> 自然之道，亦猶樹也，……轉少轉得其本。(王弼《老子・二十二章注》)
>
> 天地生於自然，萬物生於天地。自然者無外，故天地名焉。(阮籍〈達莊論〉)
>
> 幽靜谷深者，自然之道也。(同前)

---

[5] 本章只討論「貴無」與「任自然」的玄學理論。

正始玄學家以「自然」論「道」，是由於「道」順應自然之性，無為而無不為地化生萬物：「道者，法自然而為化。」（阮籍〈通老論〉）「道不違自然，乃得其性。」（王弼《老子·二十五章注》）「天地任自然，無為無造，萬物自相治理。」（王弼《老子·五章注》）「須自然也，萬物無不由為以成之也。」（王弼《老子·三十七章注》）

　　顯而易見，正始玄學以「無為」為特徵的自然之道的思想，源自老莊：「道常無為而無不為。」（《老子·三十七章》）「夫虛靜恬淡，寂寞無為者，萬物之本也。」（《莊子·天道》）漢代學者為了抗衡、反對經學天人感應論和讖緯神學，從西漢末的嚴遵，經東漢初的桓譚，到王充、張衡、馮衍，直至東漢末年的仲長統，莫不秉承了老莊天道自然無為的思想。正始玄學正是順應這個思想潮流勃然興起，對漢代神學進行了毀滅性的衝擊。另外，正始期間，曹魏集團與司馬氏集團之間的權力爭鬥愈演愈烈。司馬氏集團假名教之名，行翦除異己、殺戮名士之實。[6] 在這種形勢之下，正始玄學倡導自然之道，無疑也有以之反抗司馬氏集團邪惡跋扈的現實政治意義，也正是為了反抗和逃避這種黑暗險惡的現實，正始名士——主要是以阮籍、嵇康為首的竹林名士，更是從天道自然無為的思想出發，衝破六經名教的藩籬，高揚起「人之真性無為，正當自然」（嵇康〈難自然好學論〉）的個體精神解放的旗幟：

---

[6] 正始名士如何晏、夏侯玄、李豐、鍾會、嵇康等先後慘死在這場爭鬥劫殺之中。

第一章　自然之道與白賁之美

　　六經以抑引為主,人性以從欲為歡;抑引則違其願,從欲則得自然。(嵇康〈難自然好學論〉)

　　矜尚不存乎心,故能越名教而任自然;情不繫於所欲,故能審貴賤而通物情。物情順通,故大道無違;越名任心,故是非無措也。(嵇康〈釋私論〉)

漢末建安以來,文人重感情,重欲望,重個性的個體生命意識,在這裏得到了哲理的確認與昇華;正始名士任性自然、崇尚超脫、追求無限的人生態度,比建安文人表現得更為全面而徹底。他們深感「寵必有辱,慕必有患」(王弼《老子·十三章注》),力求「不以物累其真」(王弼《老子·二十二章注》)。

因此,正始名士的功名進取心幾乎消退殆盡,「今但願守陋巷,教養子孫,時與親舊敘闊,陳說平生,濁酒一杯,彈琴一曲,志願畢矣。」(嵇康〈與山巨源絕交書〉)即使在官場,也是「遺落世事,雖去佐職,恒遊府內,朝宴必與焉」(《晉書·阮籍傳》)。

他們重情任性,不拘禮法:「阮籍嫂嘗還家,籍見與別。或譏之。籍曰:『禮豈為我輩設也!』」(《世說新語·任誕》)「阮公鄰家婦有美色,當壚酤酒。阮與王安豐常從婦飲酒。阮醉,便眠其婦側。夫始殊疑之,伺察終無他意。」(同前)「兵家女有才色,未嫁而死。籍不識其父兄,徑往哭之,盡哀而還。」(《晉書·阮籍傳》)

他們嗜酒好飲,卻不似建安人那樣備陳哀樂,而是「無思無慮,其樂陶陶」,在酣飲醺態中,品味一種超塵逸世的境界:「方捧罌承槽,銜杯漱醪。奮髯箕踞,枕麴籍糟。無思無慮,其樂陶陶。兀然而醉,恍然而醒。靜聽不聞雷霆之聲,熟視不睹泰山之形。不覺寒暑之切膚,利欲之感情。俯視萬物,擾擾焉若江海之載浮萍。」(劉伶〈酒德頌〉)

「天下多故,名士少有全者」(《晉書・阮籍傳》)的現實固然使正始名士避世隱跡:「人不可與為儔,不若與木石為鄰。安期逃乎蓬山,角李潛乎丹水,鮑焦立以枯槁,萊維去遒而死。亦由茲夫!君將抗志顯高,遂終於斯。」(阮籍〈大人先生傳〉)「動者多累,靜者鮮患。爾乃思丘中之隱士,樂川上之執竿也。」(嵇康〈卜疑〉)建安文人那種建功立業的意識,幾乎蕩然無存。自然無為的思想,更促使他們走向山林、走向大自然:「陳留阮籍、譙國嵇康、河內山濤⋯⋯沛國劉伶、陳留阮咸、河內向秀、琅邪王戎,七人常集於竹林之下,肆意酣暢。故世謂『竹林七賢』。」(《世說新語・任誕》)

他們「登臨山水,經日忘歸」(《晉書・阮籍傳》),「駕言出遊,日夕忘歸」(嵇康〈贈兄秀才入軍〉其十三),「若夫三春之初,麗服以時,乃攜友生,以遨遊以嬉。涉蘭圃,登重基,背長林,翳華芝,臨清流,賦新詩,嘉魚龍之逸豫,樂百卉之榮滋」(嵇康〈琴賦〉)。山水自然之所以如此強烈地吸引他們,正是因為「就藪澤,處閒曠,釣魚閒處,無為而已矣」(《莊子・刻意》)。與險惡污濁的人世相比較,山水自然更是

一個純然的「樂地」:「山林與,皋壤與,使我欣欣然而樂焉。」(《莊子·知北遊》)「遊山澤,觀魚鳥,心甚樂之。」(嵇康〈與山巨源絕交書〉)於是,正始名士紛紛遺棄污濁世俗的物累,掙脫險惡政治的網羅,投身於大自然的懷抱:

何為人事間,自令心不夷。慷慨思古人,夢思見容輝。願與知己遇,舒憤啟其微。岩穴多隱逸,輕舉求吾師。晨登箕山巔,日夕不知饑。玄居養營魄,千載長自綏。(嵇康〈述志詩〉其二)

吾無佐世才,時俗不可量。歸我北山阿,逍遙以倡佯。(郭遐周〈贈嵇康〉其一)

咄嗟榮辱事,去來味道真。道真信可娛,清潔存精神。巢由抗高節。從此適河濱。(阮籍〈詠懷詩〉其七十四)

建安文人曾有園林京郊之遊,藉以撫慰其心靈的創傷,抒發其酣暢逸興。在這一點上,正始名士的山林湖澤之遊,顯然有繼承建安文人的一面。但是他們的自然無為人生觀,更使他們突破園林京郊的有限空間,而走向更為廣闊的大自然。並能更為積極主動地投入、融化於自然之中:「因自然以托身,並天地而不朽。」(嵇康〈答難養生論〉)而他們任性自然、縱心大化、逍遙無為的山水之遊,也顯示其個體生命意識,在自然之道的本體哲學層次上,得到更為自由的闡揚。正始名士超越

建安人的另一點是,他們盤桓於大自然中,不僅為了尋覓「逸野興趣,遠致閒情」[7],同時還力求從中感悟自然本體的妙理玄機。莊子云:「天地有大美而不言,四時有明法而不議,萬物有成理而不說。聖人者,原天地之美而達萬物之理。是故聖人無為,大聖不作,觀於天地之謂也。」(《莊子·知北遊》)正始玄學家也認為:「物生而後畜,畜而後形,形而後成。何由而生?道也。何得而畜?德也。何由而形?物也。」(王弼《老子·五十一章注》)「不通於自然者,不足以言道。」(阮籍〈大人先生傳〉)即「道」生萬物見於萬物,天地萬物的生盈化遷,體現宇宙無限的本體——「道」。所以,「原天地之美而達萬物之理」,通於自然而言道。這正是玄學家把握、闡明宇宙本體的重要方法。浸淫於玄風之中的正始名士,正是在這個基礎上,賦予山水之遊新的意義:

>蕭蕭苓風,分生江湄。卻背華林,俯泝丹坻。含陽吐英,履霜不衰。嗟我殊觀,百卉具腓。心之憂矣,孰視玄機?(嵇康〈酒會詩〉其五)

>息徒蘭圃,秣馬華山。流磻平皋,垂綸長川。目送歸鴻,手揮五弦。俯仰自得,遊心太玄。嘉彼釣叟,得魚忘筌。郢人逝矣,誰與盡言?(嵇康〈贈兄秀才入軍〉其十四)

---

[7] 錢鍾書《管錐篇》第三冊(北京:中華書局,1979),頁1036。

詩中表現的遊山水悟玄機，融妙理於自然的手法，確實已是東晉玄言詩「以玄對山水」(《世說新語・容止》)的先聲。而正始名士在詩中通過「原天地之美」以「達萬物之理」的過程，也已把玄思導入了審美的領域。

二　遊仙・隱逸・審美

正始名士在投身自然的同時，還寄情於方外。其寄情方外，也是基於「無為而無不為」──即肆意任性、與道同化的思想：「吾乃飄搖於天地之外，與造化為友，朝餐湯谷，夕飲西海，將變化遷易，與道周始。」(阮籍〈大人先生傳〉)「蕩精舉於玄區之表，擴妙節於九垓之外。而翱翔之乘景，躍趻踔，陵忽慌，從容道化同逌，逍遙與日月並流。」(阮籍〈答伏義書〉)可以說，正始名士的方外之遊，只是任情山水、縱心大化的自然延伸：

　　乘風高遊，遠登靈丘。托好松喬，攜手俱遊。朝發太華，夕宿神州。彈琴詠詩，聊以忘憂。(嵇康〈贈兄秀才入軍〉其十六)

　　願攬羲和轡，白日不移光。天階路殊絕，雲漢邈無梁。濯髮暘谷濱，遠遊崑崙旁。登彼列仙岨，采此秋蘭芳。時路烏足爭，太極可翱翔。(阮籍〈詠懷詩〉其三十五)

某些遊仙詩，還往往是升天與歸隱交雜，仙境與山水相混：

> 遙望山上松，隆谷鬱青蔥。自遇一何高，獨立迴無雙。願想遊其下，蹊路絕不通。王喬棄我去，乘雲駕六龍。飄搖戲玄圃，黃老路相逢。援我自然道，曠若發童蒙。采藥鐘山隅，服食改姿容。蟬蛻棄穢累，結友家板桐。臨觴奏九韶，雅歌何邕邕。長與俗人別，誰能睹其蹤。（嵇康〈仙遊詩〉）

> 飾車駐駟，駕言出遊。南屬伊渚，北登邙丘。青林華茂，春鳥群嬉。感悟長懷，能不永思？永思伊何，思齊大儀。凌雲輕邁，托身靈螭。遙集玄圃，解轡華池。華木夜光，沙棠離離。俯漱神泉，仰嘰玉枝。棲心浩素，終始不虧。（嵇喜〈秀才答四首〉其四）

升天尋仙仍立足於自然，逍遙太清仍本執於得道；既有天國的神泉玉枝，又有人境的青林春鳥；既見仙人乘雲駕龍，又聞隱士彈琴詠詩。自然無為思想的流貫，形成了正始遊仙詩這一特色。

由上所見，正始名人無論是投身自然，還是寄情方外，都是為了力圖超越有限而追求無限，以便獲得更大限度的「無為而無不為」的精神解放與心靈自由。「心境越是自由，愈能得

到美的享受」[8],「美是在有限中看出無限」[9]。正是在這個意義上,正始名士的自然無為思想,通過投身自然、寄情方外而昇華為審美的追求。

上編說過,建安文人高揚文學的審美價值,樹立「詩賦欲麗」的審美理想,從而在詩歌創作中表現出綺麗華豔的美學風貌。那 ,正始名士高揚自然之道,又是樹立一種什 樣的美學風貌呢?「迄至正始,務欲守文,何晏之徒,始盛玄論。」(《文心雕龍‧論說》)正始名士的「玄論」確實相當之盛,[10]卻無一篇是正面論「文」論「美」的。[11]但是,從正始名士的「玄論」中,仍然可看出他們對「美」的衡量標準。正始玄學大師王弼在《老子注》中反復指出:

> 道之出言,淡兮其無味也,視之不足見,聽之不足聞。然則無味不足聽之言,乃自然之至言也。(《老子‧二十三章注》)
>
> 樂與餌則能令過客止,而道之出言淡然無味。視之

---

[8] 海德格(Heidegger)語,引自徐復觀《中國藝術精神》(瀋陽:春風文藝出版社,1987),頁53。
[9] 薛林(Schelling)語,引自同8,頁90。
[10] 計有何晏的〈道德二論〉、《論語集解》,王弼的《老子指略》、《周易略例》、《老子注》、《周易注》,夏侯玄的〈本玄論〉,向秀的《莊子注》,鍾會的《老子注》、〈周易盡神論〉、〈周易無互體論〉,阮籍的〈通老論〉、〈通易論〉、〈達莊論〉,嵇康的〈難自然好學論〉、〈養生論〉、〈釋私論〉、〈聲無哀樂論〉等等。
[11] 阮籍的〈樂論〉與嵇康的〈聲無哀樂論〉屬音樂論著,也是有明顯的「玄論」味道。

不足見,則不足以悅其目;聽之不足聞,則不足以娛其耳。若無所中然,乃用之不可窮極也。(《老子‧三十五章注》)

以無為為居,以不言為教,以恬淡為味,治之極也。(《老子‧六十三章注》)

王弼正是從道之自然無為的思想出發,推崇一種平淡無味的審美觀。王弼說「淡然無味」,又說「以恬淡為味」,便是主張以「無味」為「味」。這種以「無味」為「味」的審美觀,在王弼的易學中,則表述為「以白為飾」:

處飾之終,飾終反素。故任其質素,不勞文飾,而無咎也。以白為飾,而無患憂,得志者也。

王弼這段話,出自其對《周易‧賁卦‧上九》的注釋。宗白華曾認為《周易‧賁卦》中的美學觀,在中國美學史上影響很大,是中國美學思想的重要源泉之一。[12] 可見,王弼〈賁卦〉注釋中體現的審美觀,也正是正始名士審美理想的突出表現。因此,我們有必要較深入全面地探索《周易‧賁卦》(包括王弼及各家注)中所蘊含的美學思想。

---

[12] 見〈中國美學史中重要問題的初步探討〉,《美學與意境》(北京:人民出版社,1987),頁388至390。

第一章　自然之道與白賁之美

　　賁卦,是《周易》六十四卦中的第二十二卦。[18] 賁卦的政治用意當是「觀人文以教化天下」(程頤《伊川易傳》)。然而,在賁卦的卦象及其注釋中,確實蘊含著深刻的美學思想。《周易·序卦》曰:「物不可以苟合而已,故受之以賁。賁者,飾也。」賁的卦義是飾。物之有飾,是因為事物不可能隨便湊合(「物不可以苟合」),故要表現美(「受之以賁」)。這就體現了一種原始自發的審美意識。賁的卦象組合是離下艮上。離為火,艮為山。王廙曾直觀地解釋道:「山下有火,文相照也。夫山之為體,層峰峻嶺,峭險參差,直置其形,已如雕飾。復加火照,彌見文章。」(李鼎祚《周易集解》引)從王廙藝術化的解釋中,賁卦之象已給人以美的視覺感受。

　　讓我們對賁卦之象再稍作進一步的分析:賁卦之離下艮上,實際上,是坤之上爻與乾之中爻互換位置而成。坤體上爻來下入於乾體之中而成離卦,即以陰爻之柔來飾陽體之剛(〈彖〉:「柔來而文剛」)。乾體之中爻往上,入於坤體之上而成艮卦,即以陽爻之剛來飾陰體之柔(〈彖〉:「分剛上而文柔」)。艮為陽入坤體,坤色黃;離為陰入乾體,乾色玄。離下艮上,正表現為陰陽剛柔相濟,天地二文相飾、玄黃相雜。另外,離為火,火紅色;艮為山,山青色。可謂青紅相映。可見,賁的卦象(大象),體現了天地自然陰陽相濟,生氣流轉、五彩繽紛的美。

---

[18] 下文有關賁卦的描述與論析,參考了錢世明《易象通說》(北京:華夏出版社,1989),頁68-70。

再看賁卦中的有關爻象（小象）：

六二：賁其須。九三至上九有頤之象，六二在頤下，恰如人之鬍鬚。又，六二居離體之中正位，離為明，映須，美之象矣！故曰賁其須。陳夢雷注：「須生而美，非外飾者。六二柔麗乎中正，固有其美須之賁，非待於外也。」[14]

九三：賁如濡如，永貞吉。王弼注：「和合相潤以成其文者也。即得其飾，又得其潤，故曰『賁如濡如』也。永保其貞，物莫之陵，故曰『永貞吉』也。」九三在離體之上，明飾盛極，故曰賁如；六二至六四為互卦坎，坎為水，九三在坎之中位，又受濡潤之意，故曰濡如。明飾而澤潤，更顯光鮮之美。故能「永貞吉」——永葆其美。

六五：賁於丘園，王弼注：「處得尊位，為飾之主，飾之盛者也。施飾於物，其道害也。施飾丘園，盛莫大焉。」六五居艮體中，艮震互濟，尤顯丘園美盛之象。故曰賁於丘園。王弼云「施飾丘園，盛莫大焉」是強調自然天成之美；云「施飾於物，其害道也」則是反對外飾、人為之飾。六五處尊位，為飾之主，乃飾之盛，盛飾飾丘園，乃主自然天成之飾美——賁卦之旨義顯矣。

上九：白賁，無咎。上九居外卦（上卦）艮之上，艮體伏象為兌，兌為秋，為西方，西方主白色。九三至上九為大離，呈明飾之象。兌伏其下，有質白而文飾之意。故曰白賁。上九居艮上，艮為山，山靜止；又居賁之最上位，便有終止之意，故王弼注云：「處飾之終，飾終反素，故任其素質，不勞文飾，而無咎也。以白為飾，而無患憂，得志者也。」（上九下乘二陰，陽乘陰為順，為吉。故孚而無咎，無患憂。）

回頭再看組成賁卦的二單卦——離、艮二卦的含義。雖然重卦的意義「以二體之義明之」（《周易略例》），但依「易氣從下生」[15]的原則，下卦（內卦）常具有樞要意義。賁體下卦為離，〈彖〉曰：「離，麗也。日月麗乎天，百穀草木麗乎土。重明以麗乎正，乃化成天下。柔麗乎中正，故亨。」這裏所指的無疑是來自自然天趣的鮮麗之美。上卦艮的主爻（六五）所表示的丘園美盛之象，便是順離體的樞要義而成，艮伏兌，「兌，正秋也，萬物收成所說（悅）也。」（《周易·說卦》）秋高氣爽，萬物收成，確實給人以心曠神怡的美的感受。可以說賁象從始至終所展現的，都是自然天成之美，其反對的始終是「外飾」美。

王弼並不排斥美，他指出：「美者，人心之所樂進也。」

---

[14] 轉引自錢世明《易象通說》，頁68至69。
[15] 引自王葆玹《正始玄學》（濟南：齊魯書社，1987），頁257。

(《老子‧二章注》）他反對的，也只是人為外飾之美：「履道尚謙，不喜處盈，務在致誠，惡夫外飾者也。」(《周易‧履卦注》）因此，王弼〈賁卦‧上九注〉所說的「飾終反素」，並不可以理解為棄美反飾之意。所謂「飾終」，指賁卦之飾至上九已足矣（「處飾之終」），不可以再加外飾，而須返回、隨任其天然本色之美，即下文所說的「故任其質素，不勞文飾」之義。「反」，非「棄」，乃反本固正，順從其自然天質。在表現上，則為充分展現其自然神麗之質足矣，不須外飾以損其天質也。

「以白為飾」，即以素為飾、以本色為飾。飾與素並不是對立的。從前面對賁卦的分析可知，賁之「飾」，非外飾，而是自然天成之「飾」美，「素」也就是「大美配天而華不作」（《老子‧三十八章注》）的自然本色之「素」美。也就是說，賁之飾，為素飾。在賁卦中，飾便是素，白亦即賁。所以，《周易》的作者在說「賁者，飾也」的同時，也宣稱：「賁，無色也。」(《周易‧雜卦》）

三　白賁之美的哲學基礎

那麼，「白」、「素」、「無色」之意，是否就是無飾無彩呢？對此問題，有必要進一步從「貴無」的自然之道本體論中尋找解釋。王弼從「道」無名無形的立論出發，認為「象而形者，非大象也；音而聲者，非大音也。」(《老子指略》）「大

象」、「大音」也就是道的外化,「能包統萬物,無所犯傷。」(〈老子・三十五章注〉)「能為品物之宗主,苞通天地,靡使不經也。」(《老子指略》)如果王弼到此止步,他的本體論就會失去現實生命力了。所以,他進一步強調:「然則四象不形,則大象無以暢;五音不聲,則大音無以至。四象形而物無所主焉,則大象暢矣;五音聲而心無所適焉,則大音至矣。無形暢,天下雖往,往而不能釋也;希聲至,風俗雖移,移而不能辨也。」(《老子指略》)「白」、「素」、「無色」,正是這樣一種具有本體意義的「大象」、「大音」——姑且暫名為「大白」、「大素」以及「大色」。它們也同樣包統著大自然的萬物、萬色、萬形、萬彩,並通過後者得以呈現。它們之所以以「白」、「素」、「無色」的面貌出現,也正因為是「形而物無所主焉,」「聲而心無所適焉」,「天下雖往,往而不能釋也」。用哲學語言來表述,「白」、「素」、「無色」便是無限的「色」(「飾」),它具有一切潛在的無限的可能性,從而可以展開並呈現出現實世界多姿多彩的形形色色。所以,韓康伯注「賁,無色也」一語曰:「飾貴合眾,無定色也。」高亨則注曰:「白賁者,就素為雜色文彩也。」「白賁者,由質而文之象。」[16]「白」與「賁」,「無色」與「飾」,正是由此而得到統一。這也正是「以白為飾」——「白賁之美」的哲學基礎。

至此可以說,「白賁之美」便是正始名士的審美理想,其

---

[16] 見高亨《周易古經今注》(北京:中華書局,1984),頁227。

真正的含義則是自然天成之美。

六朝人深悟其理：嵇康被時人以「龍章鳳姿，天質自然」（《晉書·嵇康傳》）來讚譽。「龍章鳳姿」，何等絢爛多彩，正是「天質自然」之美；無獨有偶，郭象亦雲：「苟以不雜為素，則雖龍章鳳姿，倩乎有非常之觀，乃至素。」（郭象《莊子·刻意注》）自然天成（「不雜」）的龍章鳳姿之極美（「倩乎有非常之觀」），乃為「至素」；謝靈運稱讚「宮室以瑤璿致美，則『白賁』以丘園殊世。」主張「去飾取素」，他所取之「素」，便是其情有獨鍾的「自然之神麗」（俱見〈山居賦〉）；劉勰曾說：「賁象窮白，貴乎反本。」所謂「反本」，就是回返「正采耀乎朱藍，間色屏於紅紫」（俱見《文心雕龍·情采》）的自然天成「本色」：「旁及萬品，動植皆文。龍鳳以藻繪呈瑞，虎豹以炳蔚凝姿；雲霞雕色，有逾畫工之妙；草木賁華，無待錦匠之奇。夫豈外飾，蓋自然耳。」「夫玄黃色雜，方圓體分。日月疊璧，以垂麗天之象；山川煥彩，以鋪理地之形：此鋪蓋道之文也。」（俱見《文心雕龍·原道》）

原自然之道，達自然之美。這就是「白賁之美」的實質所在。正始名士也正是在其詩歌創作中，努力體現這種「白賁之美」：

芳樹垂綠葉，青雲自逶迤。四時更代謝，日月遞差弛。（阮籍〈詠懷詩〉其七）

華堂臨浚沼，靈芝茂清泉。仰瞻春禽翔，俯察綠水

濱。(嵇喜〈秀才答四首〉其一)

這是一個充滿色彩,充滿芳香,充滿萬物生機,充滿天籟靈趣的世界。這種自然天成之美,無疑是難以用「平淡」、「無飾」來說明的。

嵇康曾在詩中云:「朱紫雜玄黃,[17]太素貴無色。淵淡體至道,色化同消息。」(〈五言詩〉其二)太素之「無色」,即王弼的「大象」、「白」(「大白」)。然而,「夫天地合德,萬物貴生,寒暑代往,五行以成。故章為五色,發為五音……」(〈聲無哀樂論〉)嵇詩中的「無色」,顯然也是具有「天在合德」的本體意義之「無色」,它包統並昇華於五彩繽紛的朱、紫、玄、黃諸色。儘管諸色變化多彩,但詩人以淵淡的體道之心觀之,則其化同一;其化同一,便五彩歸於「無色」(「色化同消息」)。嵇康在此是以詩論道,並非輕忽色彩斑斕的自然世界。相反,比之阮籍,他更善於通過多姿多彩的自然世界去把握「無色」的至道(見前文詩例)。

阮籍在〈清思賦〉中也曾經說過:「形之可見,非色之美,聲之可聞,非聲之善。」又認為只有「微妙無形,寂寞無聽,然後乃可以睹窈窕而淑清」。而阮籍通過「微妙無形,寂寞無聽」的審美心境所體會(「睹」)的「窈窕」「淑清」美,便是「羨要眇之飄遊兮,倚東風以揚暉。沐洧淵以淑密兮,體清

---

[17] 「雜」,原詩為「雖」。魯迅認為「雖」當為「雜」之誤。本書從魯迅說。見《魯迅全集》第九卷(北京:人民文學出版社,1973),頁37。

潔而靡譏。厭白玉以為面兮,披丹霞以為衣。襲九英之曜精兮,佩瑤光以發微。服倏煜以繽紛兮,粹眾采以相綏。色熠熠以流爛兮,紛錯雜以葳蕤……」顯然,阮籍所反對的只是世俗的「聲色」:「榮名非己寶,聲色焉足娛。」(〈詠懷詩〉其七十)他對〈清思賦〉中超塵脫俗的「聲色」美是很讚賞的。在〈詠懷詩〉其十九,他也描繪道:「西方有佳人,皎若白日光。被服纖羅衣,左右佩雙璜。修容耀姿美,順風振微芳。登高眺所思,舉袂當朝陽。寄顏雲霄間,揮袖淩虛翔。飄搖恍惚中,流眄顧我傍。悅懌未交接,晤言用感傷。」

「自然之道」作為世俗「名教」的對立面,既有「造化氤氳,萬物紛敷」(阮籍〈四言詩〉其六)的玄思因素,也有超越塵俗、逍遙浮世的理想成份:「陵天地而與浮明遨遊無始終,自然之至真也。」(阮籍〈大人先生傳〉)前面所引詩例的仙境描寫,就體現了一種超越自然、又通達「自然之至真」的理想的自然之美。

可見,作為一種審美理想,「自賁之美」並不放棄藝術想像,它既立足於自然世界,又神思於方外仙境。其實,在正始詩歌中,無論是自然世界,還是方外仙境,都是作為污濁現實對立面而營造的理想「樂土」。它所展示的美,可以用嵇康〈琴賦〉中的一段描寫來說明:

詳觀其區土之所產毓,奧宇之所寶殖,珍貴琅玕,瑤瑾翕赫,叢集累積,奐衍於其側。若乃春蘭被其東,

沙棠殖其西,涓子宅其陽,玉醴湧其前,玄雲蔭其上,翔鷺集其巔,清露潤其膚,惠風流其間,竦肅肅以靜謐,密微微其清閒,夫所以經營其左右者,固以自然神麗,而足思願愛樂矣。

正始名士所「愛樂」的便是這種既有天籟真趣,又有理想色彩的「自然神麗」。「自然神麗」,也就是「白賁之美」的最高審美境界!

魏晉詩歌的審美觀照　中編

第二章　聖人之情與清和之境

一　理想人格的楷模

正始玄學的領袖人物何晏與王弼曾就「聖人」有情無情進行辨析：

> 何晏以為聖人無喜怒哀樂，其論甚精，鍾會等述之。弼與不同，以為聖人茂於人者神明也，同於人者五情也。神明茂，故能體沖和以通無；五情同，故不能無哀樂以應物。然則，聖人之情，應物而無累於物者也。今以其無累，便謂不復應物，失之多矣。（《三國志・魏志・鍾會傳》注引何劭〈王弼傳〉）

所謂「聖人」，是魏晉玄學家提倡的理想人格的楷模。何晏在《論語集解》中說過：「凡人任情，喜怒違理。顏淵任道，怒不過分。」湯用彤評之曰：「顏不及聖，只可謂賢，平叔此言，乃論賢人（或亞聖）……推平叔之意，聖人純乎天道，未嘗有情，賢人以情當理，而未嘗無情。至若眾庶固亦有情，然違理而任情，為喜怒所役使而不能自拔也。」[18] 在反凡

---

[18] 見《湯用彤學術論文集》（北京：中華書局，1983），頁255。

俗之情、主張以情當理方面,何、王是一致的。但何晏為了推崇、抬高聖人,而認為「聖人無喜怒哀樂」。這麼一來,無疑截然割斷了聖人與凡人之間的任何聯繫(凡人不可無情),否定了聖人的現實存在性,「聖人」的理想人格意義,也就陷入了絕對的虛幻之中。王弼的辨析就較為圓融。他以「同於人者五情也」溝通了聖人與凡人之間的聯繫,「以聖人茂於人者神明也」,「應物而無累於物」闡明了聖人作為理想人格的意義。王弼力主聖人有情說,其目的正在於推崇和宣導「體沖和以通無」、「應物而無累於物」的「聖人之情」。在《老子・二十九章注》中,王弼更明確地表示:「聖人達自然之性,暢萬物之情,故因而不為,順而不施。除其所以迷,去其所以惑,故心不亂而物性自得之也。」排除世俗物欲的迷惑,順應自然之性而暢情,這便是正始名士效仿、追求聖人之情的途徑:

> 情不繫於所欲,故能審貴賤而通物情。物情順通,故大道無違;越名任心,故是非無措也。是故君子則以無措為主,以通物為美。(嵇康〈釋私論〉)
>
> 不避物而處,所睹則寧;不以物為累,所由則成。彷徉足以舒其意,浮騰足以逞其情。故至人無宅,天地為客。至人無主,天地為所。至人無事,天地為故。無是非之別,無善惡之異。故天下被其澤而萬物所以熾也。(阮籍〈大人先生傳〉)

這種以「聖人之情」為楷模,追求與天地萬物合一,通物逞情以達「道」的感情抒發,顯然是以約束凡人之情為基礎的,因而體現出一種經過純化、濾合,以恬淡醇和為特徵的「絕美」、「純美」:

>是以機心不存,泊然純素。從容縱肆,遺忘好惡。(嵇康〈卜疑〉)
>
>以志無所尚,心無所欲。達乎大道之情。動以自然,則無道以至非也。抱一而無措,則無私無非,兼有二義,乃為絕美。(嵇康〈釋私論〉)
>
>智用則收之以恬,性動(按:即情)則糾之以和。使智止於恬,性足於和,然後神以默醇,體以和成。(嵇康〈答難養生論〉)
>
>夫元氣陶鑠,眾生稟焉。賦受有多少,故才性有昏明。唯至人特鍾純美,兼周內外,無不畢備。(嵇康〈明膽論〉)

要效仿、追求「兼周內外,無不畢備」的聖人「純美」之情,就必須摒棄凡人之情。「何為人情?喜、怒、哀、懼、愛、惡、欲。」(《禮記·禮運》)而「喜怒悖其正氣,思慮銷其精神,哀樂殃其平粹。」(嵇康〈養生論〉)因此,不苟善惡是非,無愛憎憂喜,心無所欲,無私無非,才可以達到「泊然純素」、「神以默醇,體以和成」的「絕美」境界。

正始名士所追求的聖人之情，顯然跟建安文人的感情世界不同。因而在審美價值取向上，形成迥然異趣的兩種情感模式。

　　從上一編可見，建安文人的情感審美取向有一個明顯特徵：以悲為美。悲，是一種最為深摯強烈，「哀動神明，痛貫天地」（曹植〈答明帝詔表〉）的感情抒發。在正始名士看來，這種悲情無疑是「侵性」「傷身」（嵇康〈養生論〉），有悖「神以默醇，體以和成」的聖人之情標準。因此，反悲情便是正始名士的一個突出表現。值得注意的是，正始名士反悲情之論，集中體現在他們的音樂理論之中，這表明正始名士對情感的探討，顯然是帶有審美價值取向的意識。

　　阮籍〈樂論〉云：

> 殷之季君，亦奏斯樂，酒池肉林，夜以繼日。然咨嗟之音未絕，而敵國已收其琴瑟矣。滿堂而飲酒，樂奏而涕流，此非皆有憂者也，則此樂非樂也。當王居臣之時，奏新樂於廟中，聞之者皆為之悲咽。桓帝聞楚琴，悽愴傷心，倚扆而悲，慷慨長息，曰：「善哉乎，為琴若此，一而已足矣。」順帝上恭陵，過樊衢，聞鳥鳴而悲，泣下橫流，曰：「善哉，鳥鳴！」使左右吟之，曰：「使絲聲若是，豈不樂哉！」夫是謂以悲為樂者也。誠以悲為樂，則天下何樂之有？天下無樂，而欲陰陽調和，災害不生，亦已難矣。樂者，使人精神平和，

衰氣不入，天地交泰，遠物來集，故為之樂也。今則流涕感動，噓唏傷氣，寒暑不適，庶物不遂，雖出絲竹，宜謂之哀。奈何俯仰歎息，以此稱樂乎？昔季流子向風而鼓琴，聽之者泣下沾襟。弟子曰：「善哉鼓琴，亦已妙矣！」季流子曰：「樂謂之善，哀謂之傷。吾為哀傷，非為善樂也。」以此言之，絲竹不必為樂，歌詠不必為善也。故墨子之非樂也，悲夫以哀為樂者。

在阮籍所舉的事例中，審美主體無論有無哀心，都聞聲而悲，而且以悲為美：「善哉乎，為琴若此，一而已足矣。」「善哉，鳥鳴！」「使絲聲若是，豈不樂哉！」「善哉鼓琴，亦已妙矣！」這正是阮籍所要反對的「以悲為樂」，「以哀為樂」。阮籍認為這種「流涕感動，噓唏傷氣」的悲情抒發，就個人而論，會導致「寒暑不適，庶物不遂」；就天下而論，則會陰陽失調，災害滋生。

嵇康在〈琴賦序〉中，也表示了反對以悲為美的主張：

然八音之器，歌舞之象，歷世才士並為之賦頌。其體制風流，莫不相襲。稱其材幹，則以危苦為上；賦其聲音，則以悲哀為主，美其感化，則以垂涕為貴。麗則麗矣，未盡其理也。推其所由，似元不解聲音；覽其旨趣，亦未達禮樂之情也。

所謂歷世才士之賦頌,當指漢代王褒的〈洞簫賦〉、馬融的〈長笛賦〉、傅毅的〈雅琴賦〉、侯瑾的〈箏賦〉、蔡邕的〈琴賦〉等等。這類賦作,都以綺麗細膩的文筆來描繪各種樂聲(及演奏者),表現出濃郁的悲切情境,如王褒的〈洞簫賦〉寫道:「憤伊鬱而酷烈,愍眸子之喪精,寡所舒其思慮兮,專發憤乎音聲。故吻吮値夫宮商兮,和紛離其匹溢。……悲愴怳以惻惐兮,時恬淡以綏肆。被淋灑其靡靡兮,時橫潰以陽遂。」這正是典型的「以危苦為上」、「以悲哀為主」、「以悲涕為貴」的審美觀。「麗則麗矣,然未盡其理也。」嵇康從「不解音聲」、「未達禮樂之情」的角度斷然否定了這種以悲為美的觀念,另外,在〈養生論〉論中,嵇康還從「修性以保神,安心以全身」的立場出發,反悲情的表現:「世常謂一怒不足以侵性,一哀不足以傷身,輕而肆之,是猶不識一之益,而望嘉穀於旱苗者也。」

二　以「和」為美

正始名士在反以悲為美的同時,也排斥世俗的歡娛之情:「以酒色為供養,謂長生為聊聊,然則子之所以為歡者,必結駟連騎,食方丈於前也。夫俟此而後為足,謂之天理自然者,皆役身以物,喪智於欲。……俗之所樂,皆糞土耳,何足戀哉!」(嵇康〈答難養生論〉)世俗的悲歡之情,都在他們的反對之列:「樂極消靈神,哀深傷人情。」(阮籍〈詠懷詩〉其四

十五）他們要求忘歡無哀以達「樂」：「無為自得，體妙心玄，忘歡而後樂足，遺生而後身存。」（嵇康〈養生論〉）「人安其生，情意無哀，謂之樂。」（阮籍〈樂論〉）此之「樂」，非世俗凡人之樂，乃前文所說的「達自然之性，暢萬物之情」的聖人之樂。這種聖人之樂，擯絕凡人的俗情物欲，「是以機心不存，泊然純素。從容縱肆，遺忘好惡。以天道為一指，不識品物之細故。」（嵇康〈卜疑〉）這也正是莊子所說的「天樂」：「天樂者，聖人之心。」（《莊子·天道》）「聖也者，達於情而遂於命也。天機不張，而五官皆備，此之謂天樂。」（《莊子·天運》）「與天和者謂之天樂。」（《莊子·天道》）「達於情而遂於命」便是循道法天，即「與天和」，聖人之情冥於天地之道，「恬和為道基」（阮德如〈答嵇康詩〉其二）聖人之樂，也就表現為「感天地以致和」（嵇康〈琴賦〉），「和」，即聖人之樂的情感抒發狀態。阮籍一語以蔽之曰：「聖人之樂，和而已矣！」（阮籍〈樂論〉）因此，「和」便成為正始名士對情感進行衡量的最高準則：

若以大和為至樂，則榮華不足顧也。以恬澹為至味，則酒色不足欽也。（嵇康〈答難養生論〉）

然則無樂豈非至樂邪？故被天和以自然，以道德為師友，玩陰陽之變化，樂長生之永久，因自然以托身，並天地而不朽者，孰享之哉！（同前）

在阮、嵇的音樂理論中,「和」的思想得到更充分的闡述。阮籍的〈樂論〉指出:

> 夫樂者,天地之體,萬物之性也。合其體,得其性則和;離其體,失其性則乖。昔者聖人之作樂也,將以順天地之體,體萬物之生也。故定天地八方之音,以迎陰陽八風之聲;均黃鐘中和之律,開群生萬物之情氣。故律呂協則陰陽和,音聲適而萬物類……乾坤易簡,故雅樂不煩。道德平淡,故無聲無味。不煩則陰陽自通,無味則百物自樂,日遷善成化,而不自知,風俗移易,而同於是樂。此自然之道,樂之所始也。

阮籍立論的基點是天地自然本性為音樂的本質。聖人作樂「將以順天地之體,體萬物之生」,即表明聖人所作之音樂,其實說是聖人之情的外化。因此,「和」也就成為聖人作樂的最高準則:「故聖人立調適之音,建平和之聲,制便事之節,定順從之容,使天下之為樂者莫不儀焉。」「先王之為樂也,將以定萬物之情,一天下之意也。故使其聲平,其容和。」以樂之和成化人之情,進而齊風俗,正天下,便是聖人作樂的最終目的:「樂者,使人精神平和,衰氣不入,天地交泰,遠物來集,故謂之樂也。」「入於心,淪於氣,心氣和洽,則風俗齊一。」(皆見〈樂論〉)

如果說阮籍的〈樂論〉還有儒家樂教影響的話,那麼,嵇

第二章 聖人之情與清和之境

康的〈聲無哀樂論〉則明顯以宇宙本體論為立論根據。儘管嵇康從「和聲無象」的本體論出發。認為「心之與聲,明為二物」,但他並不否認聲對心(即情感)的感發作用,反而更主張聲對心的感發,關鍵正在於「和」:

> 聲音以平和為體,而感物無常;心志以所俟為主,應感而發。然則聲之與心,殊途異軌,不相經緯,焉得染太和於歡戚,綴虛名於哀樂哉?
>
> 和心足於內,和氣見於外,故歌以敘志,舞以宣情。然後文之以采章,照之以風雅,播之以八音,感之以太和;導其神氣,養而就之;迎其情性,致而明之。使心與理相順,和與聲相應,合乎會通,以濟其美,故凱樂之情,見於金石;含弘光大,顯於音聲也。

嵇康論「和」的重心顯然在音聲方面,但仍主情為「和」(「和心足於內,和氣見於外」),受和之聲所感發的人之情,也表現為和樂之狀(「凱樂之情,見於金石」)。嵇康的〈琴賦〉也有相似的表述:「美聲將興,因以和昶,而足耽(即「和樂」)矣。」「性潔靜以端理,含至德之和平,誠可以感蕩心志而發洩幽情矣。」至於嵇康著重論音聲之和──甚至把音聲與情感割裂開來論音聲之和,不免有偏頗之處(如「音聲有自然之和,而無繫於人情。克諧之音,成於金石;至和之聲,得於管弦也。」)但從另一角度看,這樣卻使「和」的觀念超越、脫

離情感的範疇而獨立，進入純形式的領域，從而獲得更為廣泛、更具有唯美意義的表現。

由上可見阮、嵇以「和」為美的邏輯思維軌跡：「道」自然無為而無不為，因成天地萬物生生不息的大和之性；音樂（音聲）承自然之和，應萬物之性而以平和為體；至和之聲，感人心志，導人幽情；隨曲之情，盡乎和域，以濟其美——即達到「醇和」、「至樂」的境界，也就是「達乎大道之情」（嵇康〈釋私論〉）的「絕美」境界。而這個境界，也正是聖人之情「與天和」的「天樂」境界。

嵇康在其詩歌創作中，就常常以清新飄逸的筆韻，展現出自然之和與音樂之和交融的境界：

> 流詠蘭池，和聲激朗。操縵清商，遊心大象。（〈酒會詩〉其三）
> 百卉吐芳華，崇台邈高跱。林木紛交錯，玄池戲鮒鯉。……臨川獻清酤，微歌發皓齒。素琴揮雅操，清聲隨風起。（同上，其七）

從以上詩例可以明顯看出嵇康對「清」的偏好。「清」是「濁」的反義詞。中國古代的元氣說認為，清是陽氣所為。濁是陰氣所致。陽氣清越形成天；陰氣濁滯構成地：「道始於虛廓，虛廓生宇宙，宇宙生氣，氣有涯垠，清陽者薄靡而為天，重濁者凝滯而為地。清妙之合專易，重濁之凝竭難，故天先成

而地後定。」[19]自父系社會以來,尊陽卑陰的觀念[20]的影響,形成人們崇清貶濁的普遍心理。東漢便以「清流」與「濁流」來劃分人品的高下。又由於陽氣清越為精神,陰氣濁滯為肉體的認識,「清」便又具有超越形骸,輕視物欲,精神自由的意義。因此,魏晉名士更是崇「清」。形而上的玄談稱為「清談」,人物品鑒,則往往以「清」字來推重超凡脫俗、神姿澄澈的風度,如「清遠雅正」、「標鮮清令」、「清蔚簡令」、「岩岩清峙」、「穆然清恬」、「秀出清和」、「清易令達」、「風骨清舉」;嵇康本人,也被稱譽「風姿特秀,見者歎曰:蕭蕭肅肅,爽朗清舉。」言及景物,也喜用「清」字:「水淡而清」、「清風朗月」、「日月清朗」、「清露晨流」、「芳林夾於軒庭,清流激於堂宇。」(以上例子,見於《世說新語》中〈言語〉、〈品藻〉、〈容止〉、〈賞譽〉、〈雅量〉、〈棲逸〉諸篇)「清」,已經演變為與「美」近義的概念。與嵇康同時代的袁准曾說:「物何故美?清氣之所生也。」(袁准〈才性〉)嵇康重「清」正體現了這種時代的審美觀。而「和」的思想,在嵇康詩中也就表現為以「清和」為特徵的藝術境界(阮詩亦然,見下文)。

---

[19] 劉安《淮南子》〈天文訓〉,陳廣忠註譯《淮南子譯註》(長春:吉林文史出版社,1994),頁101。
[20] 最有代表性的便是《周易》所體現的觀念,如:「天尊地卑,乾坤定矣……乾道成男,坤道成女。」(〈繫辭上〉)「陰雖有美,含之以從王事,弗敢成也。地道也,妻道也,臣道也。地道無成而代有終也。」(〈坤卦第二〉)參看黃壽祺、張善文撰《周易譯註》(上海:上海古籍出版社,1990),頁527,35。

三　清和之境

　　嵇康在這種清和境界中所表現出來的情感狀態，並不是先秦以來儒家所主張的「發乎情，止乎禮義」（〈詩大序〉），「喜怒哀樂之未發謂之中，發而皆中謂之和，……致中和，天地位焉，萬物育焉」（《禮記‧中庸》）的「中和」之美。嵇康對儒家的「中和」頗有非議，他在〈答難養生論〉中說：「服膺仁義，動由中和，無甚大之累，便謂人理已畢，以此自臧，而不蕩喜怒，平神氣，而欲卻老延年哉，未之聞也。」

　　所謂「動由中和」，即以禮制情。在嵇康看來，這並非「理畢」更難「卻老延年」。與儒家崇「中和」不同，嵇康追求「以大和為至樂」，主張「披天和以自然，以道德為師友。玩陰陽之變化，樂長生之永久。」（皆見於〈答難養生論〉）所以，嵇康沉醉於大自然中，不僅僅是「於焉逍遙，聊以娛情」（張衡〈歸田賦〉），而更是「遊心大象」，「遊心於玄默」，即以心契天，以情冥道，「以天下同於自得。」（〈答難養生論〉）這正是司空圖所說的「薄言情悟，悠悠天鈞。」（《二十四詩品‧自然》）

　　嵇康詩中對音樂的表現，也不僅僅是造成一種藝術的氛圍，同時還由於音樂是「天地合德」（〈聲無哀樂論〉）的產物，「性潔靜以端理，含至德之和平」（同前），因此與建安詩歌中多表現「哀曲」、「悲弦」不同，嵇康筆下的音樂，大多數是「清歌」、「素琴」、「和聲」，以清和的音樂，匯融自然：

第二章　聖人之情與清和之境

「被發行歌，和氣四塞。」冥合天道：「流詠太素，俯贊玄虛。」(〈雜詩〉) 正所謂「播之以八音，感之乙太和……使心與理相順，和與聲相應，合乎會通，以濟其美。」(〈聲無哀樂論〉)

嵇康不少以自然與仙遊為主要描寫對象的詩作，也充分體現出「清和」的審美特徵：

攜我好仇，載我輕車。南淩長阜，北厲清渠。仰落驚鴻，俯引淵魚。盤於遊田，其樂只且。(〈贈兄秀才入軍〉其十)

思與王喬，乘雲遊八極。淩厲五嶽，忽行萬億，援我神藥，自生羽翼。呼吸太和，練形易色。歌以言之，思行遊八極。(〈秋胡行〉其六)

自然、仙境的沖虛清麗與詩人情懷的恬淡玄遠渾融一體，構成了優美的詩歌藝術境界。

阮籍詩中，也有沖和之思、清和之境的表現：

朝雲四集，日夕布散。素景垂光，明星有燦。肅肅翔鸞，雍雍鳴雁。令我不樂，歲月有晏。(〈四言詩〉其四)

仰瞻翔鳥，俯視遊魚。丹林雲霏，綠葉風舒。造化氤氳，萬物紛敷。大則不足，約則有餘。何擁養志，守

95

以沖虛。（同上，其六）

朝雲、夕日、景素、明星、翔鸞、鳴雁、丹林、綠葉、雲霖、風舒……詩人在這個「造化氤氳，萬物紛敷」的「天和」境界中，體化應神，沖虛養志——體應道化天鈞的本體之美，陶冶沖澹虛靜的恬和之心。這就是所謂「體物而得神」（王夫之《夕堂永日緒論・內編》）。

這樣一種心境的陶冶，也正是人與天和的必經途徑。阮籍的〈達莊論〉曾說：「清靜寂寞，空豁以俟。善惡莫之分，是非無所爭。故萬物反其所而得其情也。」在〈清思賦〉中，阮籍更是形象地描繪：「夫清虛寥廓，則神物來集；飄搖恍惚，則洞幽貫冥；冰心玉質，則激潔思存；恬淡無欲，則泰志適情。」「冰心玉質」、「恬淡無欲」，便是沖虛養志而達至的心境；「激潔思存」、「泰志適情」，便是上引詩例中所表現的純和之思與樂和之情。正如《莊子・天道》篇所云：「聖人之心靜乎，天地之鑒也，萬物之鏡也。」「以虛靜推於天地。通於萬物，此之謂天樂。」

沖澹清虛的心境，無疑是一種具有審美傾向的心理狀態。嵇康也同樣強調這種心境。他說：「神以默醇，體以和成。」（〈答難養生論〉）「不虛心靜聽，則不盡清和之極」（〈聲無哀樂論〉），阮、嵇超世情物累的追求以及對內心精神平和的一再強調，使他們對外物的審視成為一種寧靜的直觀審美。這種靜觀的審美方式，深刻地影響了後世的田園、山水以及詠物詩人。

當然，阮籍和嵇康並不是沒有哀思悲情。相反，「愁奈何兮悲思多，情鬱結兮不可化。」（嵇康〈思親詩〉）「人情有感慨，蕩漾焉能排。」（阮籍〈詠懷詩〉其三十七）但是，「曠邁不群，高亮任性，不修名譽，寬簡有大量」（《三國志‧王粲傳》注引〈嵇康別傳〉）的嵇康，並沒有沉溺於無盡的哀思悲情之中，而是努力以「和」去濾化內心的憂愁：

　　　　琴詩可樂，遠遊可珍。舍道獨往，棄智遺身。寂乎無累，何求於人。長寄靈嶽，怡志養神。（〈贈兄秀才入軍〉其十七）

　　「琴詩可樂」「遠遊可珍」，正因為琴詩、仙境的淳和使人棄累忘憂、養神怡情。

　　　　泆泆白雲，順風而回。淵淵綠水，盈坎而頹。乘流遙邁，自恭蘭隈。杖策答諸，納之素懷，長嘯清原，惟以告哀。（〈四言詩〉其七）

　　大自然氣象穆和，生機盈趣。盤桓其間，令詩人心境泊和澄靜，懷人之思，便隨一聲寥亮清和、韻遠神契的長嘯而化入萬物諧和的大自然之中。

母喪而嘔血，途窮而慟哭[21]的阮籍，顯然難以擺脫世間人情的深哀巨痛。〈詠懷〉八十二首，充滿了悲愴沉鬱的「憂生之嗟」[22]。沖和之思、清和之境的表現，在阮集中確實不多，有些清和之境還滲入了詩人抑制不住的哀傷情思：

> 天地氤氳，元精代序。清陽曜靈，和風容與。明月映天，甘露被宇。蓊鬱高松，狋那長楚。草蟲哀鳴，倉庚振羽。感時興思，企首延佇。（〈詠懷四言詩〉其一）

一派清和景致，卻因一聲草蟲的哀鳴而黯然失色。

> 湛湛長江水，上有楓樹林。皋蘭被徑路，青驪逝駸駸。遠望令人悲，春氣傷我心。（〈詠懷詩〉其十一）

水碧樹茂，蘭草萋萋，詩人策馬遊其間，卻反生傷春之情。

追求聖人之情，仍不免世情的困擾。這是正始名士的矛盾，也是時代所使然。自東漢、尤其是建安以來，重情的社會風氣愈來愈濃，置身於「天下多故」之世的正始名士，更難免

---

[21] 《晉書‧阮籍傳》載：「（阮籍）性至孝。母終，正與人圍棋，對者求止，籍留與決賭。既而飲酒二斗，舉聲一號，吐血數升。……時率意獨駕，不由徑路，車跡所窮，輒慟哭而反。」

[22] 《文選》「夜中不能寐」詩注引沈約語，見蕭統編、李善注《文選》（北京：中華書局，1990），頁322。

各種人生情感的沖擊與困擾。「崇有派」的向秀便正視這個現實而宣稱:「有生則有情,稱情則自然得。」(〈難養生論〉)王弼與阮、嵇輩畢竟是塵世中人,儘管他們竭力追慕聖人之情,仍然不免困惑:「自非聖人,孰能禦之?」(嵇康〈聲無哀樂論〉)不免動搖:「物循化而神樂兮,寧遐觀之可追?」(阮籍〈東平賦〉)甚至不免更為悲觀:「自傷非疇類,愁苦來相加!」(阮籍〈詠懷詩〉其七十八)

正是由於理想與現實的矛盾衝突,致使正始名士(尤其是阮籍)在極力推崇聖人之情的同時,也舒發了其「鬱結不可化」的現實情懷與人生感慨。

儘管如此,正始名士對聖人之情的追求,畢竟形成了以「清和」為美學特徵的詩歌藝術境界。其對聖人之情的追求,由於脫離(或說超越)現實生活而表現出形而上的虛幻性,因此,「清和」的詩歌境界,也表現出內涵上濃重的理想色彩和形式上明顯的唯美傾向,如果說「白賁之美」是正始詩人自然天成美的展現,那 ,「聖人之情」則是正始名士對精神理想美的追求。「清和之境」,其實就是正始名士效法聖人之情而體現的醇和之情,與大自然的神麗之美交融而成的藝術境界。

第三章　言意之辨與隱秀之象

一　言・象・意

「言意之辨」是正始玄學的一個重要論題。[23] 其由來可追溯至先秦時代。《周易・繫辭上》載:「子曰:『書不盡言,言不盡意』。然則聖人之意其不可見乎?子曰:『立象以盡意』。」《莊子・外物》篇云:「筌者所以在魚,得魚而忘筌;蹄者之所以在兔,得兔而忘蹄;言者所以在意,得意而忘言。」孔子承認語言的局限性,但認為「象」是可以盡意的;莊子雖強調「得意而忘言」,但也認為語言可達意(「言者所以在意」)。正始時期,王弼以莊解易,融二家之說而進一步發揮。其《周易略例・明象》云:

> 夫象者,出意者也。言者,明象者也。盡意莫若象,盡象莫若言。言生於象,故可尋言以觀象;象生於意,故可尋象以觀意。意以象盡,象以言著。故言者所以明象,得象而忘言。象者所以存意,得意而忘象。猶蹄者所以在兔,得兔而忘蹄;筌者所以在魚,得魚而忘

---

[23] 本章關於言意之變與隱秀之象的論述,參考了王鍾陵〈哲學上的「言意之變」與文學上的「隱秀」論〉,《古代文學理論研究》叢刊第十四輯(1989年12月),頁1-40。

筌也。然則言者象之蹄也,象者意之筌也。是故存言者,非得象者也。存象者,非得意者也。象生於意而存象焉,則所存者乃非其象也。言生於象而存言焉,則所存者乃非其言也。然則忘象者乃得意者也,忘言者乃得象者也。得意在忘象,得象在忘言。故立象以盡意,而象可忘也。重畫以盡情,而畫可忘也。

王弼這段話,講的是解〈易〉的方法。其所謂「象」,指卦象、爻象;所謂「言」,指卦辭、爻辭;所謂「意」,指卦象、爻象之義。在此,王弼建構了一個十分嚴謹的邏輯框架:

言以明象　象以出意
忘言存象　忘象存意
得意忘象　得象忘言

這個邏輯框架,可簡化為「言」→「象」→「意」的認識鏈條,即通過言象以達意。在這個認識鏈條中,「意」是認識的最終目的。然而,「象」卻是一個十分關鍵的中間環節。儘管王弼強調「忘象」,但是他無疑賦予「象」極為重要的作用——「言」,只是「明象」;而「象」,才能「出意」;無「象」,即不能達「意」。如果結合正始玄學家對體「道」、達「道」的有關論述,更能夠清楚地看出「象」的重要性。

正始玄學家認為「道」是無形無名的:「無形無名者,萬

102

物之宗也。」(王弼《老子指略》)「無名為道。」(何晏〈無名論〉)故以「無」為特徵的「道」是不可言說的:「言之者失其常,名之者離其真。」(王弼《老子指略》)然而,如果僅高懸一個「無」的「道」,龐大精深的玄學體系便無從建構了。正始玄學家清楚地認識到這一點,所以,他們清楚地表明:「聖人體無,無又不可以訓,故言必及有。」(《世說新語·文學》引王弼語)「有」,即天地之萬物:「自天地以來。皆有所有矣。」(何晏〈無名論〉)「無」生「有」,又相從於「有」:「於有所有之中,當與無所有相從。」(何晏〈無名論〉)沒有萬物之「有」,便難以見無形無名之「道」:「四象不形,則大象(無形之道)無以暢。」(王弼《老子指略》)天地萬物之「有」是有「形」有「象」的:「天地象而萬物形。」(阮籍〈通易論〉)

可見,無形無名的「道」不可言說,卻可以通過有「形」有「象」之「有」去把握。這正是「象」在玄學家體「無」達「道」的認識過程中的重要性。顯然,正始玄學家正是通過對「象」的強調,使「言意之辨」超越了易學而具有更廣泛的哲學意義。而且,對「象」的強調,也進一步將玄學的哲理思辨導向了文學的形象思維。

阮籍在〈達莊論〉中說:「(莊子)述道德之妙,敘無為之本,寓言以廣之,假物以延之,聊以娛無為之心,而逍遙於一世。」莊子所「假」之「物」,顯然是形象的描寫;其所「寓」之「言」,也大多是「謬悠之說,荒唐之言,無端涯之

103

辭」的「諔詭可觀」(《莊子·天下》)的形象性表現。

也就是說，莊子主要是通過形象思維去進行「述道德之妙」、「敘無為之本」的哲理思辨的。莊子如此，阮、嵇亦然。從本編上兩章可見，阮、嵇對「自然之道」與「聖人之情」的體現，便常常借助於形象性的描寫。

誠然，形象思維和形象性描寫，是文學——尤其是詩歌創作的固有特徵。但正始詩歌中的形象塑造，卻明顯深受玄學「言意之辨」的影響，而具有獨特的表現。換言之，正始詩歌的「形象」，是一種別拘一格而具有獨特審美價值的「隱秀之象」。

「隱秀」的概念，出自劉勰〈文心雕龍·隱秀〉篇：

> 隱也者，文外之重旨者也；秀也者，篇中之獨拔者也。隱以複義為工，秀以卓絕為巧，斯乃舊章之懿績，才情之嘉會也。夫隱之為體，義生文外，秘響傍通，伏采潛發，譬爻象之變互體，川瀆之韞珠玉也。

所謂「隱」，即內在蘊潛的心、情、意、理、神，故「以複義為工」；所謂「秀」，即外在顯露的物、現、象、容、貌，故「以卓絕為巧」。「隱」伏「秀」中，猶如爻象之義涵蘊在互體之內，晶瑩之珠潛藏於河水之中。「隱秀」的首倡者雖為劉勰，但其淵源卻可以上溯到正始玄學。劉勰曾說：「夫形而上者謂之道，形而下者為之器。神道難摹，精言不能追其

第三章　言意之辨與隱秀之象

極；形器易寫，壯辭可得喻其真。」(《文心雕龍‧誇飾》)前面兩句本自《周易‧繫辭上》，「形而上」即「無」，「形而下」即「有」。所以這兩句話最為正始玄學家所重視，由此推導出有無之辨、體用之說和本末之說等一系列重要的玄學命題。後四句其實就是正始玄學「言意之辨」命題的進一步表述。劉勰雖然承認「神道（即無形之意）難摹，精言不能追其極」，卻確認「形器（即有形之象）易寫，壯辭可得喻其真」。正是基於這個認識，劉勰提出以有形之「秀」，去導發無形之「隱」的「隱秀」說。可見，「隱秀」說，正是王弼所宣導的「象以出意」、「尋象以觀意」，從這個意義上可以說，「隱秀」說的哲學基礎就是正始玄學的「言意之辨」。因此，「隱秀」決不僅僅是一種含蓄的風格或手法。它是外在形象與內在深義統一的哲學思辯的產物。它追求的是通過外在有限的物象描寫去闡發內在豐富的蘊義。在「秀」的形象中，產生「密響傍通，伏采潛發」的「隱」意。

　　劉勰在〈隱秀〉篇還說道：「夫心術之動遠矣，文情之變深矣。源奧而派生，根盛而穎峻。是以文之英蕤，有秀有隱。」「或有晦塞為深，雖奧非隱；雕削取巧，雖美非秀穎。故自然會妙，譬卉木之耀英華；潤色取美，譬繒帛之染朱綠。」這兩段話表明：一方面，「隱」為奧源、盛根，「秀」為支派、峻穎。即「隱」是「秀」本源，「秀」是「隱」的體現；「隱」是體，「秀」是用；「隱」待「秀」以明，「秀」恃「隱」而深；「隱」是「秀」的宗旨和歸宿。由此可見「隱秀」說也是

玄學體用之說和本末之說的美學化。由於「秀」的形象表現，以「隱」的蘊義為旨歸。因此，「秀」的形象，在鮮明可見性之中，又體現出某種程度的朦朧性、象徵性及泛指性的特徵。另一方面，「隱」與「秀」皆以自然為宗。「隱」並非故作晦澀深奧，而是，「心術而動遠」的自然而然的產物；「秀」則是「隱」的自然外現，故「自然會妙」，無假「潤色」，秀的形象描寫，以「譬卉木之耀英華」的自然之美為準則。由此則可見「隱秀」也是玄學自然之道的具體化，其審美指向正契合了正始玄學家所宣導的「白賁之美」。

總而言之，「隱秀」說的哲學根源與美學根源都來自正始玄學，而它在文學創作中的運用，更可追溯到正始詩歌中別拘一格的形象——「隱秀之象」的創造。

在理論上說，「隱」與「秀」是兩個性質不同的概念，而在文學創作中，二者又往往是合而為一的——「隱」伏「秀」下，意潛象中，象顯而意從，「隱」與「秀」合為一體，以「象」的面貌顯現。於是，「象」也就不是純客觀之象，而是有蘊義之象，即劉勰《文心雕龍·神思》篇所說的「意象」：「獨照之匠，窺意象而運斤。」正始詩歌中的「隱秀之象」，便是一種「意象」的特殊表現。

首先，正始詩歌中的「隱秀之象」，往往表現出圓融會通的特徵。所謂圓融會能，便是既有象徵意義，又不拘泥於某一確指之義。〈易〉之「象」，原本就是一種具有象徵意義之象；「象也者，像此者也。」「乾為馬，坤為牛，震為龍，巽為

第三章　言意之辨與隱秀之象

雞，坎為豕，離為雉，艮為狗，兌為羊。」「乾，健也；坤，順也；震，動也；巽，入也；坎，陷也；離，麗也；艮，止也；兌，說也。……」(皆見《周易‧說卦》)《易經》系統，正是由這一整套具有象徵意義的卦象為主幹而構成。王弼認為，漢儒詮《易》，使卦象與卦義的象徵關係過於凝滯，這會令人「存象忘意」。從「忘象以求其意」的立論出發，王弼對卦象與卦義的象徵關係重新詮釋：「立象以盡意，而象可忘也；重畫以盡情，而畫可忘也。是故觸類可為其象，合義可為其徵，義苟在健，何必馬乎？類苟在順，何必牛乎？」(《周易略例‧明象》)「易者，象也。象之所生，生於義也。有斯義，然後明之以其物，故以龍敘乾，以馬明坤，隨其事義而取象焉。」(《周易‧乾卦注》)王弼顯然更強調「義」，但其隨「義」所取之「象」，仍是具有象徵意義之「象」，只不過「象」與「義」之間的象徵關係更為圓融會通罷了。應該指出，王弼的「圓融會通」，是表現為重在求「義」而不滯於「象」，主張徵「義」之「象」應該更通融靈活。「義苟在健」，不必滯於「馬」，亦可用屬震之象的「龍」徵之；「類苟在順」，不必滯於「牛」，也可用屬乾之象的「馬」徵之。」因「龍」固有陽健之性，「馬」也有陰順之情。這就是「觸類可為其象，合義可為其徵」的圓融會通的象徵方式。應該說，這種圓融會通的象徵方式，在哲學與文學中有不同的表現：作為哲學思辯，以「意」為主，故會通眾象合義而徵之；作為形象思維，則更注重「象」的涵括多義性，故某一類物象，常富有多種象徵意

107

義（即所謂「複義為工」）。

二　飛鳥形象的意蘊

當然，正始詩歌中的「象」的運用，與〈詩經〉以來的「比興」傳統也有密不可分的關係。Pauline Yu就認為，阮籍的〈詠懷詩〉與〈古詩十九首〉相似，都使用了源自〈詩經〉「比興」傳統的寄寓、象徵以及結構孤立的意象去闡發對當時社會與政治的隱蔽批評。二者的意象都有濃重的引喻與普遍的典事，以致可給予一個規範的或政治的注釋（Amoral or political gloss）。[24] Pauline Yu的看法不無道理，但也應該指出，《詩經》的「比興」雖然不排除有「象徵的」（emblematic）因素，然而，這種象徵的因素在〈詩經〉中是不成熟的和未能定型的，其功能仍更多是「比」（比喻）和「興」（感興），還未能完全起到「通過某一特定的具體形象以表現與之相似或相近的概念、思想與感情」[25]的象徵作用。〈古詩十九首〉中的意象，則主要是起到「比」、「興」（以及渲染、烘托）的作用，象徵的意味更為淡薄。而阮籍〈詠懷詩〉（及嵇康詩）中的意象，除了具有「濃重的引喻與普遍的典事」特徵（這種特徵也體現於一般的「比興」之中），還更具有「圓融會通」的象徵功能，也只有後者，才能真正「給予一個規範的或政治的注釋」。由

---

[24] Pauline Yu, *The Reading of Imagery in the Chinese Poetic Tradition* (New Jersey: Princeton University Press, 1987), p. 136.
[25] 《辭海·文學分冊》（上海：上海辭書出版社，1984），頁10，「象徵」條。

第三章　言意之辨與隱秀之象

此可說，圓融貫通的象徵功能，正是正始詩歌的意象，對《詩經》「比興」傳統突破性的發展。

在正始詩歌中，這樣一種圓融貫通之象的突出表現，當屬「飛鳥」的形象。在正始詩歌的意象群中，飛鳥的形象不僅鮮明突出，而且數量相當之多，以致形成正始詩歌的一個十分顯著的藝術特徵。劉勰在評論阮籍嵇康詩文時便指出：「嵇康師心以遣論，阮籍使氣以命詩。殊聲合響，異翮同飛。」(《文心雕龍·才略》)劉勰以「異翮同飛」來形容阮、嵇的詩文創作，可謂一矢中的。

自《詩經》起，到漢代詩歌和建安詩歌，都有不少飛鳥形象的描寫。如「黃鳥於飛，集於灌木，其鳴喈喈。」(《詩經·周南·葛之覃》)「燕燕於飛，差池其羽。」(《詩經·邶風·燕燕》)「何緣交頸為鴛鴦，胡頡頏兮共翱翔。」(司馬相如〈琴歌〉)「月明星稀，烏鵲南飛。」(曹操〈短歌行〉)「飛鳥翻翔舞，悲鳴集北林」。(曹丕〈銅雀園〉)這些飛鳥形象，大都作為比興手法的運用，或景物氣氛的組成部分。正始詩歌的飛鳥形象描寫，除了繼承發揚前人的傳統之外，還常常作為詩人自我形象的化身，並表現出不同的象徵意義。

逃避現實、遠禍全身，是正始名士的普遍心態。於是，能在天宇間自由翱翔的飛鳥，便成為人們藉以超脫塵世的象徵物。正如何晏〈言志詩〉的表現：

　　鴻鵠比翼遊，群飛戲太清。常恐失網羅，憂禍一旦

舉。豈若集五湖,順流喭浮萍。逍遙放志意,何為怵惕驚。

正始中,何晏被曹爽任為侍中尚書,加上與曹魏集團有姻親關係,無疑已被深深地捲入了曹魏與司馬氏集團的權力鬥爭漩渦中心。因此,他「內懷憂而無複退也,著五言詩以言志。」(〈名士傳〉)何晏「言志」,並不直抒胸臆,而是借助鴻鵠的形象來反映。儘管詩中有「戲太清」「放志意」的描寫,但詩人無奈、驚怵的心情是很明顯的。同樣是避禍遠遊,阮、嵇詩中的飛鳥則出不羈、昂然的情態:

鴻鵠相隨飛,飛飛適荒裔。雙翮淩長風,須臾萬里逝。朝餐琅玕實,夕宿丹山際。抗身青雲中,網羅孰能制。豈與鄉曲士,攜手共言誓。(阮籍〈詠懷詩〉其四十三)

「淩長風」、「萬里逝」的鴻鵠,象徵著詩人及其志同道合者,他們卑視世俗的鄉曲士,毅然沖決塵世羅網的羈絆而「抗身青雲中」。

焦鵬振六翮,羅者安所羈。浮遊太清中,更求新相知。比翼翔雲漢,飲露食瓊枝。多謝世間人,凤駕咸驅馳。沖靜得自然,榮華安足為。(嵇康〈述志詩〉其

一)

　　焦鵬振六翮,沖決羅網,遨遊太清,是為了追求沖靜自然的新生活。在〈贈兄秀才入軍〉其十九中,嵇康通過飛鳥形象的描寫,展示了一個絕塵超世的理想天地:

　　　　雙鸞匿景曜,戢翼太山巔。撫首嗽朝露,晞陽振羽儀。長鳴戲雲中,時下息蘭池。自謂絕塵埃,終始永不虧。

　　嵇康〈四言詩〉中的鸞鳥形象,則將詩人蔑世傲時、孤寂獨征的精神世界展露無遺:

　　　　眇眇翔鸞,舒翼太清。俯眺紫辰,仰看素庭。淩躡玄虛,浮沉無形。將遊區外,嘯侶長鳴。神□不存,誰與獨征?

　　以上詩例的飛鳥,都是鴻鵠、焦鵬、鸞鳳等大鳥神禽,用以象徵、寄託詩人的情懷與理想。但是,詩人有時又以小雀自況,而把鸞鳳等大鳥置於對立面。如嵇康的〈述志詩〉其二中便有「斥鷃擅嵩林,仰笑鸞鳳飛」的描寫。這兩句詩典出《莊子‧逍遙遊》:「窮髮之北,有冥海者,天池也。……有鳥焉,其名為鵬,……摶扶搖羊角而上者九萬里,絕雲氣,負青

天,然後圖南,且適南冥也。斥鷃笑之曰:『彼且(將)奚適也?我騰躍而上,不過數仞而下,翱翔蓬蒿之間,此亦飛至也。而彼且奚適也?』」嵇康詩便是用莊子之意,以表示一種從性自適的處世態度。這樣的表現在阮籍詩中更顯而易見。雖然阮籍的〈詠懷詩〉其二十一以玄鶴與鶉鷃作對比,並明顯褒玄鶴貶鶉鷃:「雲間有玄鶴,抗志揚聲哀。一飛沖青天,曠世不再鳴。豈與鶉鷃遊,連翩戲中庭。」但是,在別的詩中,他卻表示出相反的態度:

寧與燕雀翔,不隨黃鵠飛,黃鵠遊四海,中路將安歸?(〈詠懷詩〉其八)

鳩飛桑榆,海鳥運天地。豈不識宏大,羽翼不相宜。招搖安可翔?不若棲樹枝。下集蓬艾間,上遊園囿籬。但爾亦自足,用子為追隨。(同上,其四十六)

小雀與大鳥,顯然是一對矛盾的對比形象,這確實也反映了詩人思想的矛盾。「黃鵠遊四海」,「海鳥運天地」固然可羨,但「中路將安歸」?「招搖安可翔」?詩人固然有超脫之心,遠遊之願,但其理想畢竟是虛幻的。詩人不免疑惑:「嵩山有鳴鶴,豈可相追尋?」(同上,其四十七),不免悲哀:「林中有奇鳥,自言是鳳凰。清朝飲醴泉,日夕棲山岡。高鳴徹九洲,延頸望八荒。適逢商風起,羽翼自摧藏。一去昆崙西,何時複回翔?但恨處非位,愴恨使心傷。」(同上,其七十

九）因此，詩人力圖用莊子的適性自足、相和而樂以自慰：「人力勢不能齊，好尚舛異。鸞鳳淩雲漢以舞翼，鳩鷃悅蓬林以翱翔；魦浮八濱以濯鱗，鼈娛行潦而群逝；斯用情各從其好以取樂焉。據此非彼，胡可齊乎？」（阮籍〈答伏義書〉）

在塵世難容身，方外不可及的情形之下，嵇康便以一種綢繆樂和的飛鳥形象來尋求自我解脫與心理平衡：

鴛鴦於飛，肅肅其羽。朝遊高原，夕宿蘭渚。邕邕和鳴，顧眄儔侶。俯仰慷慨，優遊容與。（〈贈兄秀才入軍〉其一）

婉彼鴛鴦，戢翼而遊。俯唼綠藻，托身洪流。朝翔素瀨，夕棲靈洲。遙蕩清波，與之沉浮。（〈酒會詩〉其二）

與振六融、翔雲漢的焦鵬、鸞鳳相比，俯唼綠藻、優遊容與的鴛鴦是那樣的綢繆樂和。這也是身處亂世的嵇康所渴求的理想情境。與嵇康寄情於諧和樂群的鴛鴦形象不同，阮籍是用孤鳥離禽的形象來袒訴其內心鬱結的苦悶：

孤鴻號外野，翔鳥鳴北林。（〈詠懷詩〉其一）
孤鳥西北飛，離禽東南下。（同上，其十七）
焉見孤翔鳥，翩翩無匹群。（同上，其四十八）

這些孤鳥離禽的描寫，既象徵性地反映了當時「名士難自全」的險惡時局，又顯示了詩人「憂思獨傷心」(〈詠懷詩〉其一) 的孤寂情懷，有時還可以視為詩人「孤行士」(同上，其四十九) 的自我形象寫照。[26]

三　玄思與意象

其次，正始詩歌中的「隱秀之象」，還具有圓融蘊藉的特徵。所謂圓融蘊藉，即有所指，卻不明示，而是表現為委婉、含蓄、朦朧而多義。正始詩人並不是用傳統的寫實手法，把詩的旨意直接訴之於言表，見之於物象。而是借助形象，又突破形象的約束。在有限的形象描寫中，蘊藏、涵括了豐富而深隱的含義，著力把詩寫得意蘊遙深、空靈淵放。Chen Shou-yi 曾分析道，阮籍等人目睹許多正直文人被無辜殺害，故放棄了政治改革與社會改良的希望而遁入山林，終日飲酒賦詩。這種消極的行為，其實就是為了製造一個自我保護的「心理煙幕」(psychological smoke screen)，反映到文學創作中，則是寫實主義讓位於象徵和抒情，從而滋長了隱晦的文風。[27] 此類詩作，多見於阮集，阮詩的旨趣，歷代論家多認為不易索解。鍾嶸云：「厥旨淵放，歸趣難求。」(《詩品》中) 何焯云：「其詞

---

[26] Burton Watson 曾統計，阮籍〈詠懷詩〉中「鳥作為自由與遠身避禍的重要象徵物，在詩中出現了五十六次」。見 Burton Watson, *Chinese Lyricism: Shih Poetry from the Second to the Twelfth Century, with Translation* (New York: Columbia University Press, 1971), p. 70.
[27] Chen Shou-yi, *Chinese Literature: A Historical Introduction* (New York: Ronald Press Company, 1961), p. 164.

旨亦復難以直尋。」[28] 李善云：「文多隱避，百代之下，難以情測。」(《文選注》) 沈德潛亦云：「阮公〈詠懷〉，反復零亂，興寄無端，和愉哀怨，雜集於中，令讀者莫求歸趣。此其為阮公之詩也。」(《古詩源》) 阮詩之所以給人如此印象，正因為其旨趣並不是以直指明示的方式表現。而是「言在耳目之內，情寄八方之表。」(《詩品》上) 亦即把豐富複雜的情意，深蘊在可見可聞的形象描寫之中。

試以阮籍〈詠懷詩〉其一為例：

夜中不能寐，起坐彈鳴琴。薄帷鑒明月，清風吹我襟。孤鴻號外野，翔鳥鳴北林。徘徊將何見？憂思獨傷心。

全詩以形象的表現為主。首二句是詩人的自我形象描寫。這兩句詩當脫化於王粲的〈七哀詩〉其二：「獨夜不能寐，攝衣起撫琴。」王粲之所以「撫琴」，是由於「絲桐感人情，為我發悲音」(同前詩)，可見阮籍長夜難眠，起坐彈琴的形象中，也隱含著「悲」的情調。三、四句的景物描寫，看似清爽明快，但此為夜半時分的景象，故不免給人以「陰光」、「寒氣」之感。[29] 五、六句「孤鴻」「翔鳥」的形象，更具有豐富的

---

[28] 轉引自陳伯君《阮籍集校注》，(北京：中華書局，1987)，頁208。
[29] 劉禮曰：「所謂薄帷照月，已見陰光之盛；而清風吹襟，則又寒氣之漸也。」(轉引自陳伯君《阮籍集校注》，頁211)

115

含義。失群孤鴻、夜半翔鳥，其聲尤顯淒哀怖厲，何況背景是闃靜無人的「外野」「北林」。這就進一步加強了前四句中所隱現的悲涼淒哀的景象描寫，確實可以暗喻當時險惡動盪的時局環境；而孤鴻翔鳥哀鳴的形象，也可象徵詩人身處亂世的悲恐不安的心理。最後二句的筆墨，又回復到詩人身上，並在詩人躊躇徘徊的形象描寫之中，點出其「憂思獨傷心」的情懷。而這種情懷又始終蘊藏、貫匯在前面的詩人形象和自然物象的描寫之中。同時，這種情懷的產生根源，又無疑是當時「名士難自存」的亂世。因此也就具有更為廣泛而深刻的社會內涵，詩中的形象意義也就顯得更為廣邈遙深。劉勰〈文心雕龍·隱秀〉篇佚文說：「情在詞外曰隱，狀溢目前曰秀。」（張戒《歲寒堂詩話》引）〈詠懷詩〉其一便是通過「狀溢目前」的形象描寫，體現了「詞外」的隱蘊之義。這些形象雖然「狀溢目前」，卻沒有明示其義，而是在蘊籍朦朧的意象之中，涵括了著廣邈遙深的旨趣。成書卓雲所謂「正於不倫不類中見其塊磊發洩處」[30]，正是指阮籍詩這種意象特徵。

　　黃侃曾指出：「阮公神通玄理，妙達物情，詠懷之作，固將包羅萬態，豈盡措心曹、馬興衰之際乎？」[31] 確實如此，作為崇自然、通玄理的一代高士，阮籍在其詩作中不僅措心於世事興衰的哀傷，還抒寫其妙達物情的玄思感悟。而其玄思感悟，也依然是體現於圓融蘊籍的形象描寫之中：

---

[30] 同28，頁209。
[31] 同28，頁209。

第三章 言意之辨與隱秀之象

　　天地氤氳，元精代序。清陽曜靈，和風容與。明月映天，甘露被宇。蓊鬱高松，猗那長楚。草蟲哀鳴，倉庚振羽。感時興思，企首延佇。於赫帝朝，伊衡作輔。才非允文。器非經武。適彼沅湘，托分漁父。優哉遊哉，爰居爰處。（四言〈詠懷〉其一）

　　此詩對物象的描寫幾乎可說是包羅了宇宙間萬物萬態：從陰陽寒暑的代序更迭，到草蟲倉庚的哀鳴振羽。這些物象的表現固然是起興——詩人由此「感時興思，企首延佇」，而同時，物象本身又涵蘊了深邃的哲理玄思。陳祚明曾說：「（該詩）首言時序景物和愉，哀忽雜集於中，便令人不能測其起興所在。」[32]陳氏的疑惑表明該詩的哲理玄思確實是深蘊在物象描寫之中，不易察測。但深究之下，仍然是可以「測其起興所在」：宇宙萬物，有繁榮興盛，必有衰敗凋零；有和愉之象，也有哀鳴之音；生生不息，迴圈不已。詩人正是以宇宙萬物的代序榮哀變化來體現「道」的造化玄機。詩人的「感時興思」，也並非一般的觸物起情，而是從宇宙萬物萬態的變化中感悟深邃的玄思哲理。下面的「於赫帝朝，伊衡作輔，才非允文，器非經武」，則是詩人感天道悟世情的進一步體會，從而產生了順化高蹈，優遊逍遙的思想。

　　同樣是「深通玄理，妙達物情」的嵇康，更是直接將「得意忘言」的玄學命題導入其詩歌之中：

117

> 息徒蘭圃，秣馬華山。流磻平皋，垂綸長川。目送歸鴻，手揮五弦。俯仰自得，遊心太玄。嘉彼釣叟，得魚忘筌。郢人逝矣，誰可盡言？(〈贈兄秀才入軍〉其十四)

該詩後面雖直陳「得魚忘筌」的玄理，但這玄理的闡發，無疑來自前面的形象描寫。「道」在自然中，詩人「抱琴行吟，弋釣於草野」(嵇康〈與山巨源絕交書〉)，便是為了從中體道悟理。「目送歸鴻，手揮五弦」是詩人感發玄思之際的形象表現。這兩句也正如劉勰所說的「篇中獨拔者」，其出神入化的描寫，確實可稱「卓絕」而獨標「峻穎」(俱見《文心雕龍‧隱秀》)，如「石韞玉而山暉，水懷珠而川媚」(陸機〈文賦〉)般地映照全詩：詩人凝神延佇，目送歸鴻遠逝天際；撫弦輕撥，嫋嫋琴音流轉迴旋。此時此刻，詩人感物興發之思與自然廣垠遠邈之境諧和無隙；「俯首自得」之神態與「遊心太玄」之理悟冥合如一。從而構成一個思與境諧、物我兩忘、神超理得、深邈靈虛的境界。王士禎曾評「目送歸鴻，手揮五弦」為「妙在象外」(《古夫於亭雜錄》)。這兩句詩的蘊意，確實大大超越詩句形象本身，故曰「妙在象外」，但詩句形象本身的傳神寫照之妙，無疑也是一個十分重要的因素。

嵇叔良〈魏散騎常侍阮嗣宗碑〉云：「先生(阮籍)承命世之美，希達節之度，得意忘言，尋妙於萬物之始；窮理盡

---

[32] 同28，頁201。

性,研幾於幽明之極。」所謂「萬物之始」,「幽明之極」,就是「無形無名者,萬物之宗也」(王弼《老子指略》)、「陰陽不測之謂神」(《易傳》)的自然之道。在阮籍的哲學論著中,「道」也往往以「神」來表示:「神貴之道存乎內,而萬物運乎外矣。」(阮籍〈大人先生傳〉)「神者,天地所以馭者也。」(阮籍〈達莊論〉)甚至「神」高於「道」:「時不若歲,歲不若天,天不若道,道不若神。神者,自然之根也。」(〈大人先生傳〉)所謂「道不若神」,是因為「道者,法自然而為化」(阮籍〈通老論〉),「不通於自然者,不足以言道」(〈大人先生傳〉)。所謂「神者,自然之根也」,指「神」是天地萬物運動變化的根據、本源,是「自然」微妙神奇的運動變化力量,即「靈變神化者,非局器所能察矣」(阮籍〈答伏義書〉)。「道」與「神」,明為二稱,實為一體。如果說「道」是「不知其名」而「強為之名」(《老子·二十五章》)的稱謂,那麼,「神」便是「道」本身所固有的微妙神奇的變化力量,天地萬物都是由它變化生成。阮籍以「神」論「道」,正是為了強調自然之道運動變化的本質特徵。因此,達「道」、得「道」,固然要「得意忘言」、「窮理盡性」;但在「尋妙」、「研幾」的體「道」過程中,更必然要「尋象以觀意」,即通過天地萬物變化運動之象去悟「道」。Yim-tze Kwong曾認為,「道」就是一種審美經驗(aesthetic experience),這種審美經驗,是通過觀察宇宙萬象動態變化卻又協調一致的極致之美而領悟

到的。[33] 在這個意義上也可以說，悟「道」的過程，就是一種審美體驗的過程。

> 抱影鵠立，企首踟躕。仰瞻翔鳥，俯視遊魚。丹林雲霏，綠葉風舒。造化氤氳，萬物紛敷。大則不足，約則有餘。何用養志，守以沖虛。猶願異世，萬載同符。（阮籍〈詠懷四言詩〉其九）

> 浩浩洪川，泛泛楊舟。仰瞻景曜，俯視波流，日月東遷，景曜西幽。寒往暑來，四節代周。繁華茂春，密葉殞秋。盛年衰邁，忽焉若浮，逍遙逸豫，與世無尤。（同上，其十）

詩人正是在宇宙天地萬物紛敷變化的形象描寫中，潛隱著自然之道的機衡玄運，及其對自然之道的追尋與體悟之心。

明人陸時雍曾論《詩經》：「三百篇賦物陳情，皆其然而不必然之詞，所以意廣象圓，機靈而感捷也。」（〈詩鏡總論〉）其實，用陸氏的話評論正始詩歌的「隱秀之象」更為適當，由於「言意之辨」的影響，正始詩的「隱秀之象」所顯示出的那種圓融會通，蘊義深廣的特徵，更可稱的上是「意廣象圓，機靈感捷」，其形象的建構：上至風雲日月，下至花鳥魚蟲；玄幽至太極冥道，通明至清流靈光。囊括宇宙萬象，總攝造化紛

---

[33] Yim-tze Kwong, "Naturalness and Authenticity: The Poetry of *Tao Qian*", *Chinese Literature: Essays, Articles, Reviews* (Sponsoring Institutions: Indiana University,

紜，流蕩生變，恍惚迷離……此正所謂「其然而不必然」的突出表現。

「象」的運用，也廣泛體現在正始名士生活的各個方面。推崇人物的風神，便說：「岩岩若孤松之獨立，其醉也，傀俄若玉山之將崩。」（《世說新語・容止》引山濤評嵇康語）書法追求「意不在乎筆墨」（張懷瓘〈書斷〉），而其「意」又是通過「如抱琴半醉，酣歌高眠；又若眾鳥時翔，群鳥乍散」（韋續〈墨藪〉評嵇康書法語）筆勢形象地體現出來的；音樂主「和聲無象」（嵇康〈聲無哀樂論〉），但「無象」的音樂又可以如此描繪：「遠而聽之，若鸞鳳和鳴戲雲中；迫而察之，若眾葩敷榮曜春風。既豐瞻以多姿，又善始而令終。嗟姣妙以弘麗，何變態之無窮！」（嵇康〈琴賦〉）這些形象，是那樣的鮮明，那樣的優美，可見，正始名士對神、意、心志等精神實質性的東西，都是以藝術的、甚至可以說是唯美的思維方式去把握並體現的，而其把握、體現的仲介，正是「象」！而這「象」，是藝術化的「象」，充滿美感的「象」，前面所引詩例中的形象描寫，也大多是文辭華美、色彩瑰麗，恰如劉勰在《文心雕龍・隱秀》篇中所說的：「朱綠染繒，深而繁鮮；英華曜樹，淺而煒燁；秀句所以照文苑，蓋以此也。」

本編通過自然之道與白賁之美、聖人之情與清和之境以及言意之辨與隱秀之象三個方面，論述了正始詩歌新的美學風貌。這三方面，既體現了正始詩歌的主要藝術成就，也對後世

The University of Wisconsin, and Washington University) Vol., 11, Dec. 1989, p. 66.

（尤其是六朝）詩歌創作產生了巨大的影響。

　　從詩歌題材內容的表現方面看，正始名士隱跡山林、尋悟大自然之道，使他們走向了更為廣闊的大自然，正始以降，兩晉的隱逸詩、遊仙詩、玄言詩、田園詩，及南朝的山水詩，皆與自然景色的描寫結下了不解之緣；即使南朝的宮體詩人，也有數量不少的詠物之作。這類詩歌，正是六朝唯美詩的重要組成部分。

　　玄理的介入，形成了文人新的思維方式與情感表達方式。漢末以來的遷逝感，由於玄思哲理的消融，開始釋化為一種沖淡清和的情境（主要體現在嵇康的詩中）。這樣一種情境，也是情感審美化的傾向。正始名士重「意」，主「得意忘象」，而又不棄「象」，求「尋象以觀意」，從而形成詩歌創作中意象融合、形神互濟的表現方式，在形象的描寫中，追求意的深邃、神的遠邈。後世兩晉南北朝人「獨照之匠，窺意象而運斤」（《文心雕龍‧神思》）、「神用象通，情變所孕」（同前）的主張，「氣韻生動」（謝赫〈古畫品錄〉）、「味之者無極」（鍾嶸〈詩品序〉）的追求。皆可溯源於正始。

　　「白賁之美」、「清和之境」與「隱秀之象」所體現的自然清麗之美，則開拓了六朝詩歌的審美新途徑，湯惠休曾說：「謝（靈運）詩如芙蓉出水，顏（延之）詩如錯采鏤金。」（《詩品》中）「芙蓉出水」即自然清麗，「錯采鏤金」即雕飾綺豔。宗白華認為這二者「代表了中國美學史上兩種不同的美

感或美的理想。」[34] 而這二者也正是六朝唯美詩人所追求的兩種不同的審美理想。建安詩中綺豔華美的表現，便是六朝唯美詩歌「錯采鏤金」派的先聲；而正始詩中自然清麗的表現，則肇啟了「芙蓉出水」派的發展方向。

---

[34] 同12，頁380。

魏晉詩歌的審美觀照　中編

下編
緣情綺靡

　　正始時期、雖然有阮、嵇化玄思而擅詩美，但相對建安「五言騰踴」的局面而言，正始詩壇確實是較為沉寂的。直至西晉，詩歌創作才又一次掀起了高潮：「太康中，三張、二陸、兩潘、一左，勃爾復興，踵武前王，風流未沫，亦文章之中興也。」（鍾嶸〈詩品序〉）正所謂「晉世文苑，足儷鄴都。」（劉勰《文心雕龍·才略》）此時的詩歌創作，更明顯體現出唯美的特徵：「茂先搖筆而散珠，太沖動墨而橫錦；岳、湛曜聯璧之華，機、雲標二俊之采；應、傅、三張之徒，孫、摯、成公之屬；並結藻清英，流韻綺靡。」（《文心雕龍·時序》）而西晉詩人對詩歌美的追求也更為自覺、更為熱切：「精慮造文，各競新麗。」（《文心雕龍·總術》）「或析文以為妙，或流靡以自妍。」（《文心雕龍·明詩》）他們固然傾心於形式上的美觀，但是也並不忽視詩歌的內容。「詩緣情而綺靡」（陸機〈文賦〉），陸機這個綱領性的詩歌主張，便涵括了對詩歌形式與內容並舉兼美的要求。

魏晉詩歌的審美觀照　下編

第一章　晉氏之風　本之魏焉

　　一個很值得注意的現象：儘管西晉文學在時間上緊接著正始文學而來，但後人在論及西晉文學時，卻很少討論西晉文學與正始文學之間的關係，反而更多地將西晉文學與前一階段的建安文學聯繫起來：「曹子建、陸士衡，皆文人也，觀其辭致側密，事語堅明，意匠在序，遣言無失，雖不以儒者命家，此亦悉通其義也。」（蕭繹〈金樓子〉）「至於五言流靡，則劉楨、張華。」（顏延之〈詩者古之樂章〉）「太沖一代偉人，胸次浩落，灑然流詠。似孟德而加以流麗，效子建而獨能簡貴。創成一體，垂式千秋。」（陳祚明《采菽堂古詩選》卷十一）不少論家更進一步指出二者之間的承傳關係：「降及元康，潘、陸特秀，律異班、賈，體變曹、王，縟旨星稠，繁文綺合，綴平臺之逸響，采南皮之高韻。」（沈約〈謝靈運傳論〉）「其五言為詩家，則蘇、李自出，曹、劉偉其風力，潘、陸固其枝條。」裴子野〈雕蟲論〉）鍾嶸〈詩品序〉論西晉文學「勃爾復興，踵武前王」，踵武，即追蹤；前王，即指建安三曹。《詩品》在討論西晉諸子的文學創作淵源時，更具體地指明：陸機「源出於陳思」，潘岳「源出於仲宣」，左思「源出於公幹」，張協、張華、劉琨則「源出於王粲」。建安文學為西晉文學的淵源，已得到歷代論家所公認：「晉之辭章，瞻望魏采。」（《文心雕龍・通變》）「晉氏之風，本之魏焉。」（徐禎卿《談藝錄》）「晉

詩淵源，其在魏乎！」[1]

確實如此，作為一前一後的兩個詩歌高潮，它們所處的背景，無論是時代特質、社會風氣、還是文壇狀況，皆有頗為相似之處。文學理論的建構更有一脈相傳的發展。

一　社會背景之比較

漢末亂世，群雄並起，三分天下，逐鹿中原。雄心勃勃的曹魏集團外定武功、內興文學，呈現出一派興旺的景象。然而，建安後期，曹氏兄弟爭奪太子之位，造成曹魏集團分裂，隨後，司馬氏的崛起，更致使魏國內部形成傾軋爭權的混亂局面，而對外爭霸天下的戰爭亦始終延綿不絕。

西晉初年，隨著國家的統一與政局的安定，整個社會經濟開始了全面的回升，並且在太康年間呈現一派「世屬升平」（《晉書‧食貨志》）、「民和俗靜，家給人足」（《晉書‧武帝紀》）的繁榮景象。但好景不常，西元290年，晉武帝司馬炎死後，楊駿、楊皇后專權，內亂開始。次年，賈皇后殺楊駿、逼死楊皇后，族滅楊氏並殺楊氏黨徒數千人，進一步引發了長達十六年之久的「八王之亂」[2]。接著便出現了所謂「五胡亂華」[3]及加速西晉王朝覆亡的「永嘉之變」[4]。

---

[1] 鄧仕樑《西晉詩論》（香港：中文大學出版社，1972），頁17。
[2] 西元291至306年，汝南王司馬亮、趙王司馬倫等八個諸侯王先後發動搶奪皇權的混戰，史稱「八王之亂」。
[3] 西晉後期，原居住在西北和北方的匈奴、鮮卑、氐、羯、羌等少數族，乘西晉內亂，相繼入侵中原。這就是所謂「五胡亂華」。

可見，建安和西晉時期，都曾有過一陣子繁榮、輝煌的景象。但在其後，又都同樣是走向混亂。這一種時代特質，從一正一反兩方面刺激了文人的心態及創作；而正始時期，正處於曹魏集團與司馬氏集團內亂白熱化之際，殺戮慘烈，名士難以自全。這種極度黑暗的局勢，較大程度地窒息了文學的發展，而促使文人轉向玄思哲理的探求，以期從中尋獲精神的慰藉與解脫。

在儒學式微、綱常崩潰的漢末建安，個體的意識與情感得到極大的張揚，形成了重情、以悲情為美的社會風氣。正始名士未必不重情，亦不乏悲情的抒發。但是，對玄思、尤其是對「聖人之情」的追求，卻在一定程度上沖淡了重情、尤其是以悲情為美的風氣。他們的感情抒發，也往往帶有較大程度超越現實、超越自我的虛幻性。西晉初期，在奉名教為正統的司馬氏壓制下，玄學一度沉寂。文人更直面於現實人生，執著於個體自我。元康之後興起的郭象玄學應時而變。其關注的重心也轉回到現實萬物之中：「造物者無主，而物各自造。」（郭象《莊子·齊物論注》）「（萬物）不待斯類而獨化。」（同前）萬有獨化取代了以無為本。效仿、追求「聖人之情」的作法也受到否定：「法聖人者，法其跡耳。」（郭象《莊子·胠篋注》）「人各自正則無羨於大聖而趣之。」（郭象《莊子·德充符注》）從而加強了人們對自我本體的執著，以及個人情感的抒

---

[4] 西元311年，晉懷帝永嘉五年夏，匈奴軍隊攻入洛陽，殺晉太子及王公百官三萬餘人，俘晉懷帝及其宗屬送往平陽。是為「永嘉之變」。

發：「歷觀近世，不能慕遠，溺於近情。」(《晉書·裴頠傳》)「近代以來，殊不師古而緣情棄道。」(衛夫人〈筆陣圖〉)「聖人忘情，最下不及於情。然則情之所鍾，正在我輩！」(《晉書·王衍傳》)「感生命之不永，懼凋落之無期。」(石崇〈金谷詩序〉)「秋夕兮遙永，哀心兮永傷。」(夏侯湛〈秋夕哀〉)「置酒高堂，悲歌臨觴。」(陸機〈短歌行〉)重情，充滿個體生命意識的悲情抒發，繼建安之後，又再次蔚然成風。

建安時期，曹氏父子既是政壇領袖，又同時是文壇領袖，大興文學，身體力行，並團結、帶動了「建安七子」等一批文人，組成著名的鄴下文人集團。或著書立說，探討文道；或書信往來，切磋技藝；或置酒樂飲，吟詩作賦。從而形成了建安文壇的繁榮局面。正始之際，雖然也有「竹林七賢」的名士集團，但他們的活動主要是溺酒嘯遊；他們之間的文筆交往，也主要是論玄證道。

西晉時期，也先後出現過較鬆散的文人圈子。西晉初年的張華居高位而「性好人物，誘進不倦，至於窮賤侯門之士，有一介之善者，便咨嗟稱詠，為之延譽。」(《晉書·張華傳》)陸機、陸雲和左思等皆受張華的賞識提攜而揚名文壇：「(機)至太康末，與弟雲俱入洛，造太常張華。華素重其名，如舊相識，曰：『伐吳之役，利獲二俊。』」(《晉書·陸機傳》)「司空張華見(左思〈三都賦〉)而歎曰：『班、張之流也，使讀之者，盡而有餘，久有更新。』於是豪貴之家，競相傳寫，洛陽為之紙貴。」(《晉書·左思傳》)元康年間，賈後專權，賈謐參

第一章　晉氏之風　本之魏焉

政。賈謐以其政治上的權勢,聚結了一大批中青年士族文人,如石崇、潘岳、陸機、陸雲、歐陽建、繆征、杜斌、摯虞、諸葛詮、王粹、杜育、鄒捷、左思、崔基、劉環、和郁、周恢、牽秀、陳眕、郭彰、許猛、劉納、劉輿、劉琨等等,世稱「二十四友」。這個文人集團,雖尊賈謐為首,但石崇卻是實際上的關鍵人物。尤其是文學活動,多以石崇為中心進行:「(石崇)有別廬在河南縣界金谷澗中。去城十里,或高或下,有清泉茂林眾果竹柏藥草之屬,金田十頃,羊二百口,雞豬鵝鴨之類。莫不畢備。又有水碓魚池土窟,其為娛目歡心之備矣。時征西大將軍祭酒王詡當還長安,余(即石崇)與眾賢共送往澗中。晝夜遊晏,屢遷其坐。或登高臨下,或列坐水濱。時琴瑟笙築,合載車中,道路並作。及往,令與鼓吹遞奏。遂各賦詩,以敘中懷。或不能者,罰酒三斗。感性命之不永,懼凋落之無期。」(石崇〈金谷詩序〉)金谷所賦之詩,除杜育〈金谷詩〉二首,潘岳〈金谷集作詩〉一首外,其餘已經散佚。但據逯欽立《先秦漢魏晉南北朝詩》存錄,當時的文人曹攄、嵇紹、棗腆、曹嘉、歐陽建等與石崇贈答詩共有十三首。此外,該集團的講史活動,也有較濃重的文學色彩:「諸名士共至洛水戲,……張茂先論〈史〉、〈漢〉,靡靡可聽。」(《世說新語·言語》)「稅駕金華,講學謐館,有集惟髦,芳風雅宴。」(陸機〈講《漢書》詩〉)這種登臨遊覽、芳風雅宴、絲竹詩賦、吟詠贈答的風氣,顯然頗有建安鄴下文人集團之遺韻。張華、石崇(及賈謐)皆身居高位,具有較強的政治影響力,這

131

種政治上的影響力對聚結文人,形成文人圈子,確實起了較大的作用。這一點和建安時期「魏武以相王之尊」、「文帝以副君之重」、「陳思以公子之豪」(《文心雕龍‧時序》)來團結文人頗為相似。

從文人的創作實際看,不僅有名重一時的「太康之英」(鍾嶸〈詩品序〉)陸機,還有張華、張協、張載、潘岳、左思等皆是才華橫溢的詩人。一時間才俊雲蒸,各競新聲,大有曹子建所謂「人人自謂握靈蛇之珠,家家自謂抱荊山之玉」(曹植〈與楊德祖書〉)的盛況。詩、文、賦的數量不僅遠遠超於前代,藝術上更躍上了一個新的高度(詳見下文),惟其如是,才形成「晉世文苑,足儷鄴都」(《文心雕龍‧才略》)的文學繁榮局面。這樣一個繁榮局面,絕非阮、嵇「異翮而同飛」(同前)的正始文壇可以比擬的。

二 文學特質的探究

專注於玄理思辨的正始名士,極少有文學理論的探討。降及西晉,探討文學理論的風氣才開始興起。

陸雲在〈與兄平原書〉中說:「《吳書》是大業,既可垂不朽。」陸機也曾作子書未成,臨終時歎曰:「窮通,時也;遭遇,命也。古人貴立言以為不朽,吾所作子書未成,以此為恨耳。」(見葛洪《抱朴子》)二陸不僅以史書和子書為不朽事,同時也十分重視一般詩文創作。陸雲就認為陸機的文章「已足垂不朽」(〈與兄平原書〉),並勸陸機擬作「清絕滔滔」的〈九

第一章 晉氏之風 本之魏焉

歌〉,不然,「恐此文(指〈九歌〉)獨單行千載」(同前)。陸機〈文賦〉末尾也稱文章(包括詩、賦等文學作品)可以「被金石而德廣,流管弦而日新」。西晉文人以作文(包括史書、子書及一般詩文的創作)為垂名千載的不朽盛事,顯然是受了曹丕文章不朽觀念的影響。西晉時,出現了不少詩文總集,如傅玄的《七林》、荀勗的《晉歌詩》、《晉燕樂歌辭》、荀綽的《古今五言詩美文》,還有摯虞集匯諸體文章的《文章流別集》。這些詩文總集的出現,不僅標誌著西晉文學的繁榮,更體現了西晉文人對文學的重視,及對文學體裁特徵的深入認識。

對文學特質的考察,西晉文人普遍特審美的態度,如陸雲便說:「文章當貴經(輕)綺。」在評論具體文章時,也常以「美」(綺)為標準:「省此文甚自難,事同又相似益不古,皆新綺。」「〈詠德頌〉甚複盡美,省之惻然。」「〈祠堂贊〉甚已盡美,不與昔同。」「〈吊蔡君〉清妙不可言,〈漢功臣頌〉甚美。」「〈茂曹碑〉皆自是蔡氏碑之上者,比視蔡氏數十碑,殊多不及,言亦自清美。」「〈武帝贊〉如欲管管流澤,有以常相稱美。」(皆見〈與兄平原書〉)又如傅玄曾論連珠體:「其文體,辭麗而言約,……欲使歷歷如貫珠,易觀而可悅,故謂之連珠也。班固喻美辭壯,文章弘麗,最得其體。」(傅玄〈連珠序〉)皇甫謐則論賦:「然則賦也者,所以因物造端,敷弘體理,欲人不能加也。引而申之,故文必極美;觸類而長之,故辭必盡麗。然則美麗之文,賦之作也。」(皇甫謐〈三都賦

133

序〉)夏侯湛評張衡賦則云:「所以讚美畿輦者,與〈雅〉〈頌〉爭流。英英乎其有味與!若又造事屬辭,因物興口,下筆流藻,潛思發義,文無擇辭,言必華麗,自屬之士,未有如先王之善選言者也。」(夏侯湛〈張平子碑〉)陸機〈文賦〉的「詩緣情而綺靡」,更是繼承並發展了建安文人「詩賦欲麗」(曹丕〈典論‧論文〉)的文學主張,集中體現了西晉文人對詩歌特質的審美追求。

「詩緣情」說顯然是受「重情」的時代風尚的影響。西晉文人為文,普遍注重情感的抒發:「每自屬文,尤見其情。」(陸機〈文賦〉)「深情至言,實為清妙。」(陸雲〈與兄平原書〉)「情言深至,述思自難希。」(同前)「深情遠旨,可耽味高文也。」(同前)「情見乎辭,言高則旨遠。」(杜預〈春秋左氏傳序〉)為文無情,則備受批評:「言寡情而鮮愛,辭浮漂而不歸。」(〈文賦〉)「視仲宣賦集初〈述征〉、〈登樓〉前即甚佳,其餘平平,不得言情處。」(〈與兄平原書〉)他們不僅重情,更重「悲」之情。

正始名士所反對的悲情抒發,在西晉又重新得到肯定:「悲緣情以自誘,憂觸物而生端。」(陸機〈思歸賦〉)「樂頹心其如忘,哀緣情而來宅。」(陸機〈歎逝賦〉)陸雲說陸機的〈答少明詩〉「未為妙」,便是以「悲情」為衡量標準的:「〈答少明詩〉亦未為妙。省之如不悲苦,無惻然傷心言。」(〈與兄平原書〉)而陸雲自己的創作也是「傾哀思,更力成〈歲暮賦〉」(同前)。悲情的抒發,還往往成為詩文創作的動

第一章　晉氏之風　本之魏焉

機:「憂邑聊作文,因以言哀思。」「愁邑忽欲復作文,臨時輒自云佳。」「文章既可自羨,且解愁忘憂。」「而作文解憂,聊復作數篇,為復欲有所為以忘憂。」(皆見〈與兄平原書〉)作文敘悲排憂一時成風,左思之妹左芬甚至「受詔作愁思之文」。(見《晉書‧后妃傳》)

「詩緣情而綺靡」主張的重要意義,並不僅在於重視「緣情」,還在於強調了「綺靡」的詩歌審美特徵。「綺」與「靡」皆是美好、美麗之意。如〈古詩〉:「交疏結綺窗」,曹丕〈大牆上蒿行〉:「君劍良,綺難忘。」司馬相如〈長門賦〉:「觀夫靡靡而無窮。」班固〈典引序〉:「相如〈封禪〉,靡而不典。」……等等皆是以「綺」或「靡」表示美好、美麗的事物。西晉文人的詩文也同樣喜用「綺」或「靡」二字。如陸機詩句便有「名都一何綺」(〈擬青青陵上柏〉)、「高談一何綺」(〈擬今日良宴會〉)、「綺態隨顏變」(〈日出東南隅行〉)、「日色花上綺」(〈當置酒〉);其〈文賦〉中也有「藻思綺合」、「言徒靡而弗華」等語;陸雲的〈與兄平原書〉則有「文章當貴經(輕)綺」、「當靡靡精工,用辭緯澤,亦未易。」以上引文中的「綺」「靡」的意思都是表示美好、美麗。「綺」與「靡」合起來,便是同義並用的聯合式合成詞,亦為美好、美麗之意,類似建安文人所喜用的「綺麗」一詞:「有類一人,婉如清揚……感心動耳,綺麗難忘。」(曹植〈善哉行〉)「投翰長歎息,綺麗不可忘。」(劉楨〈公宴詩〉)此外,從字音上看,「綺靡」便是「猗靡」。「猗靡」一

詞,自漢代以來,文人的詩文創作中就常常運用:「的容與以猗靡。」(漢武帝〈悼李夫人賦〉)「鄭女曼姬,……扶輿猗靡。」(司馬相如〈子虛賦〉)「眾芳芬鬱,亂於五風,從容猗靡,消息陽陰。」(枚乘〈七發〉)「猗靡情歡愛,千載不相忘。」(阮籍〈詠懷〉)「微風餘音。靡靡猗猗。」(嵇康〈琴賦〉)「次後庭之猗靡。」(潘岳〈西征賦〉)「藉皋蘭之猗靡,萌修竹之嬋娟。」(成公綏〈嘯賦〉)這些引文中的「綺靡」一詞所形容的對象不同,但都是優美動人之意。其中阮籍詩中的「猗靡」,更是形容情感之美。「詩緣情而綺靡」的「綺靡」也同樣是此意,它所強調的首先就是情感的優美動人。但它也包含了用以表現情感的文辭形式之美。

　　陸機〈文賦〉在論及感情的抒發時曾說:「或奔放以諧合,務嘈囋而妖冶。徒悅目而偶俗,故聲高而曲下。寤〈防露〉與〈桑間〉,又雖悲而不雅。或清虛而婉約,每除煩而去濫,闕大羹之遺味,同朱弦之清氾。雖一唱而三歎,固既雅而不豔。」在這裏,陸機對「情」的抒發提出了不同層次的要求:妖冶之情品調低下,固然不足取;但〈防露〉〈桑間〉之類的亡國之思,雖悲卻不雅,亦不足論,「雅」有「雅正」之義,當指情感的健康、美好而言,可說是指情感表現的內涵美;僅是「雅」仍未能盡善盡美,所以,陸機進一步提出「豔」的要求。「豔」指描寫、表現情感的文辭而言,可說是情感表現的外在形式美。「雅」而「豔」,便是陸機情感表現論的最高審美標準。可見,在「詩緣情而綺靡」的詩歌主張

中,「緣情」與「綺靡」是密不可分的。曹丕曾在〈典論·論文〉中提出「詩賦欲麗」,曹植曾在〈七啟〉中認為「辨言之豔,能使窮澤生流,枯木發榮,庶感靈而激神,況近在乎人情!」陸機則把「緣情」與「綺靡」結合起來,從詩歌表現的內在美與外在美兩個方面,進一步強調並完善了詩歌創作的審美特徵。還要注意一點:陸機〈文賦〉在提倡「詩緣情而綺靡」的同時,也強調「期窮形而盡相」。陸機強調「窮形」「盡相」,首先就是為了促使「意」、「情」融匯於景物的「形」「相」描寫之中。[5] 如果認為「緣情」說本身側重於內在美的價值取向,那麼,「窮形盡相」說便是側重於外在美的追求。以後者來表現前者,更使「詩緣情而綺靡」的主張得以順理成章的實現。

在文體的分類與風格方面,建安文人曾進行了初步的分析與探討。如曹丕的〈典論·論文〉把文體分為奏議、書論、銘誄、詩賦四類,並結合具體作家來探討個性與風格的關係,指出徐幹「時有齊氣」,應瑒「和而不壯」,劉楨「壯而不密」,孔融「體氣高妙」。曹植也認為「世之作者,或好煩文博采,深沉其旨者;或好離言辨白,分毫析厘者。所習不同,所務各異。」(《文心雕龍·定勢》)這些探討雖然有開創性的意義,但畢竟過於粗淺。在此基礎上,西晉文人進行了更為深入

---

[5] 詳析見下文「文學理論的建構(下)」有關部分。王元化的〈釋「比興」篇擬容取心說〉(北京《文學評論》,1978、1,頁69),以及 Pauline Yu, *The Reading of Imagery in the Chinese Poetic Tradition* (New Jersey: Princeton University Press, 1987), p. 161,皆持類似的看法。

細緻的探討。如對文體的劃分,陸機分為詩、碑、誄、銘、箴、頌、論、奏、說十類;(見〈文賦〉)而摯虞則進一步分為詩、賦、頌、銘、箴、七發、誄、哀辭、哀策、解嘲、碑、圖讖十二類。(見《文章流別論》)以今天文體分類的標準看,西晉文人分類確實不盡科學,但也畢竟反映了當時人們對文體特徵認識的深入。這顯然是文學理論進一步發展的標誌之一。在風格考察方面,陸機認為由於作家個性、審美趣味不同,作品的風格也就各有異彩:

> 故夫誇目者尚奢,愜心者貴當,言窮者無隘,論達者唯曠。(〈文賦〉)

即追求炫耀心目之美者,其文風則侈麗宏衍;以切理饜心為快者,其文風則嚴謹貼切;喜文辭簡約者,其文風便顯局促窘迫;愛論說暢達者,其文風則曠蕩無拘。這樣一種分析方法,顯然得益於建安文人而又有所發展。值得注意的是,陸機在論討不同文體風格時,採用了藝術的、審美的態度:詩緣情而綺靡,賦體物而瀏亮,碑披文以相質,誄纏綿而悽愴,銘博約而溫潤,箴頓挫而清壯,頌優遊以彬蔚,論精微而朗暢,奏平徹以閒雅,說煒曄而譎誑。(〈文賦〉)

用今天的文學觀點看,詩賦以外的八種文體顯然不屬於文學創作的範圍,但陸機仍以「披文以相質」、「纏綿而悽

愴」、「博約而溫潤」、「頓挫而清壯」、「優遊以彬蔚」、「精微而朗暢」、「平徹以閑雅」、「煒曄而譎誑」等審美的標準來厘定它們的風格特徵。在分析了這十種文體之後，陸機緊接著又來一段總結性的說明：

> 其為物也多姿，其為體也屢遷。其會意也尚巧，其遣言也貴妍。暨音聲之迭代，若五色之相宣。（〈文賦〉）

在陸機看來，這十種文體皆要達到體物多姿、格式多變、文思尚巧、文辭貴妍，並且要有聲律色彩之美。這無疑更是文學化、藝術化的表現。由此可見，當時人們強烈的審美意識，已浸淫到了非文學體裁之中。

三　文學理論的超越

西晉文人在文學理論上超越前人的突出貢獻，表現為他們對文學創作構思和藝術形式技巧方面的深入探討。

陸機在〈文賦序〉中便申明，其作〈文賦〉的意圖在於討論寫作時的「用心」——即如何用心進行藝術構思及分析文章的利弊得失，以利「他日」在文學創作實踐中「曲盡其妙」。

〈文賦〉本文一開始就論述創作衝動的發生。陸機將創作衝動的起因，歸之於作者受自然四時變遷與景物變化的感觸：「遵四時以歎逝，瞻萬物而思紛；悲落葉於勁秋，喜柔條於芳

春。」以及閱讀前人與時人作品產生的感慨:「詠世德之駿烈,誦先人之清芬;遊文章之林府,嘉麗藻之彬彬。」陸機所謂感時觸物而「歎逝」、「思紛」,其實就是說自然界的變化觸發他內心的人生感慨與情懷。他在〈感時賦〉中曾說過:「矧餘情之含瘁。恒睹物而增酸。歷四時之迭感,悲此歲之已寒。」其意亦然。閱讀古今各體文章,陸機認為既可以從思想感情方面受到感染,發生共鳴;同時也因欣賞其藝術表現而獲得審美的愉悅(「遊文章之林府,嘉麗藻之彬彬」),從而引起創作的衝動:「慨投篇而援筆,聊宣之乎斯文。」接下去,陸機細緻而形象地描述了藝術構思的過程。首先,陸機強調創作構思時必須心境清明、精神集中:「收視反聽,耽思傍訊。」「罄澄心以凝思,眇眾慮而為言。」(俱見〈文賦〉)

這是陸機的深切體會,也很有可能是受到前人、尤其是老莊道學——玄學思想的影響。《老子》云:「致虛極,守靜篤」(第十六章),「滌除玄覽」(第十章)。《莊子》云:「水靜猶明,而況精神,聖人之心靜乎,天地之鑒也,萬物之鏡也。」(〈天道〉)深悟老莊之道的阮籍則在〈清思賦〉中說:「是以微妙無形,寂寞無聽,然後乃可以睹窈窕而淑清。」「夫清虛廖廓,則神物來集;飄搖恍惚,則洞幽貫冥。」阮、陸二說,異曲而同工。但阮籍所云,並非指文學創作構思;而陸機的論述,則基本屬於文學創作理論的範圍了。

在創作構思過程中,陸機還同時強調情感的活動與形象的思維:「其致也,情瞳曨而彌鮮,物昭晰而互進。」「信情貌之

不差,故每變而在顏,思涉樂其必笑,方言哀而已歎。」創作衝動本來就由情感觸發而興起,在創作過程中,隨著想像活動的展開,情感活動也更加活躍豐富;而情感的活動,又是與形象的紛呈、文思的湧現相一致的;如情感活動呆滯,文思也就了隨之阻塞枯窘:「若夫應感之會,通塞之紀,來不可遏,去不可止。藏若景滅,行猶響起,方天機之駿利夫,夫何紛而不理,思風發於胸臆,言泉流於唇齒。……及其六情底滯,志往神留,兀若枯木,豁若涸流,攬營魄以探賾,頓精爽而自求。理翳翳而愈伏,思軋軋其若抽。是故或竭情而多悔,或率意而寡尤。」

情感的活動與形象的思維在構思與創作中是相輔相成的,而這二者又與語言有密切的關係。〈文賦〉在多處表明用文辭(即「言」)表達情感與文思(「意」)的困難:「恒患意不稱物,文不逮意。」「若夫隨手之變,良難以辭逮。」「若夫豐約之裁,俯仰之形,因宜適變,曲有微情。……是蓋輪扁所不得言,亦非華說之所能精。」

顯然,陸機也遇上了正始玄學家所飽經困擾的「言不盡意」的難題。雖然陸機所要表達的「意」不是深幽的玄思哲理,但文學創作中微妙多變的情感與審美感受,卻是更難以用語言來傳達。正如美國當代美學家蘇‧朗格所說:「對於這樣一些內在的東西,一般的論述——對詞語的一般性運用——無論如何是呈現不出來的,即使談及,也只能是一種一般的或浮淺的描繪。那些真實的生命感受,那些互相交織和不時地改變

141

其強弱的張力,那些一會兒流動、一會兒凝固的東西,那些時而爆發,時而消失的欲望,那些有節奏的自我連續都是推論性的符號所無法表達的。主觀世界呈現出來的無數形式以及那無限多變的感性生活,都是無法用語言符號加以描寫或論述的,然而它們卻可以在一件優秀的藝術品中呈現出來。」[6] 面對「言不盡意」的困難,人們並不屈服。正始玄學家引進了「象」作為「言」與「意」之間的傳媒與橋樑。儘管陸機也「恒患意不稱物」,但形象(物象)畢竟是傳達呈現「意」的最有效手段(蘇·朗格所謂的「藝術品」就是一種「形象」)。陸機也並非認定「意不稱物」,只是說「能之難也」。所以,陸機在論述創作構思的過程時,對「象」——形象的作用也是十分重視的。他以「心懍懍以懷霜,志眇眇而臨雲」喻寫心志之高潔,以「浮天淵以安流,濯下泉而潛浸」形容想像之活躍。文思泉湧,固然「若翰鳥纓繳,而墜曾雲之峻」;文思澀滯,也依然可以「若游魚銜鉤,而出重淵之深」。行文得意,心手交暢,便是「言恢之而彌廣,思按之而愈深,播芳蕤之馥馥,發青條之森森,粲風飛而飆豎,鬱雲起乎翰林」。總之,要使精妙的藝術構思見諸文字,就得借助天地萬物的紛紜眾象:「罄澄心以凝思,眇眾慮而為言,籠天地於形內,挫萬物於筆端。」融情於景,借景抒情,也因此成為西晉文人詩歌創作中常用的表達手法。

---

[6] 引自《藝術問題》(北京:中國社會科學出版社,1983),頁128。

第一章　晉氏之風　本之魏焉

　　陸機〈文賦〉的藝術構思論，表現出明顯的唯美追求。創作靈感的衝動，不僅感觸於事物的自然之美：「悲落葉於勁秋，嘉柔條於芳春」，還受啟發於前人作品的綺麗文藻：「遊文章之林府，嘉麗藻之彬彬」。情思的表達，也借助於美的文辭與意象：「傾群言之瀝液，漱六藝之芳潤。」「播芳蕤之馥馥，發青條之森森，粲風飛而飆豎，鬱雲起乎翰林。」文辭與情思的完美結合，則表現為風格清麗、光彩鮮豔：「藻思綺合，清麗芊眠。」

　　在形式技巧方面的探討，西晉文人更表現出強烈的文學意識及唯美傾向。陸機的〈與兄平原書〉二十九則，主要是作文的經驗與心得，除了前面所引關於重情貴美的論述之外，陸雲還多次請陸機為其作品「損益」、「潤色」：

> 久不作文，多不悅澤，兄為小潤色之，可成佳物。
> 願兄小為之定，一字兩字出之便欲得。
> 徹與察皆不與日韻，思惟不能得。願兄易此一字。
> 今易上韻，不知差前不？不佳者，願兄小為損益。

　　這種精益求精、力為佳作的態度，正是西晉文人對文學創作認識的深入發展，及唯美意識的突出表現。陸雲向陸機請教，並不僅是謙恭之舉。因為陸機的確是在文學形式技巧方面有十分深刻的創作體會，並在其文論中有十分精闢的闡述。如〈文賦〉云：「其會意也尚巧，其遣言也貴妍，暨音聲之迭

143

代,若五色之相宣。」就是認為文章構思尚巧妙,文辭應貴妍麗,還要講求聲音色彩之美。陸機對文辭的運用是非常重視的。他說:「選義按部,考辭就班。」並強調警言佳句的作用:「立片言而居要,乃一篇之警策。雖眾辭之有條,必待茲而效績。」「石韞玉而山輝,水懷珠而川媚,彼榛楛之勿翦,亦蒙榮於集翠。」

誠然,建安後期的作品也十分注意文辭與聲音色彩之美。但從理論上進行深入細緻的探討,是西晉文人超越建安文人之處。尤其是陸機的「音聲之迭代」說,主張作文用字聲音必須變化並相配和諧。這正是在理論上第一次明確提出文學創作中語言聲韻之美的要求。陸機在〈五等論〉中還闡述道:「赴曲之音,洪細入韻,蹈節之容,俯仰依詠」,「音以比耳為美」,這些論述都表現了陸機對作品聲韻之美的追求。

陸機對形式美的追求,並不是與內容的表現相割裂的。他所說的「選義按部,考辭就班,」就是主張「辭」的運用要切合「義」的需要。並且認為辭義不相稱則為弊:「或辭害而理比,或言順而義妨。離之則雙美,合之則兩傷。」也反對重辭輕情的傾向:「言寡情而鮮愛,辭浮漂而不歸。」他所追求的是情思與形式的相稱諧美:「藻思綺合,清麗芊眠。炳若縟繡,悽若繁弦。」

「創新」的主張,也是西晉文學理論的一個重要觀念。陸雲論作文,就力主「新綺」、「新奇」:「事同又相似益不古,皆新綺。」「極不苦作文,但無新奇,而體力甚困瘁耳。」

第一章　晉氏之風　本之魏焉

「兄頓作爾多文,而新奇乃爾。」(〈與兄平原書〉)陸機〈文賦〉中的創新意識也十分明顯:「收百世之闕文,采千載之遺韻,謝朝華於已披,啟夕秀於未振。」即既要廣博地學習前人的作品,又要推陳出新,戛戛獨造。「必所擬之不殊,乃暗合於曩篇。雖杼軸於予懷,怵他人之我先。苟傷廉而衍義,亦雖愛而必捐。」即如自己所作與他人的作品暗合、雷同,便要毅然割愛。西晉文人的創作主張雖然也涉及內容,但重點是在於文辭與意象的創新(詳見本章第三節)。即力圖在形式上超越前人,以達至彌久而日新的目的:「被金石而德廣,流管弦而日新。」

綜上所述可見,所謂「晉氏之風,本之魏焉」,不僅是相似的時代特質與社會風尚等因素對文人的影響,更重要的是西晉文人繼承並發展了建安以來的文學觀念與審美意識。[7]尤其是西晉文人秉承了建安文學「情」與「美」的藝術精髓,提出了「詩緣情而綺靡」的主張,標誌著人們對文學的認識躍上了一個新的高度(西晉文人對文學形式技巧方面的追求,也正是基於對文學必須綺靡的認識)。

雖然正始之音對西晉文學也有所影響,但西晉詩「緣情」、「綺靡」的追求,更多地體現為對建安文學的繼承與發展。正始文學的影響主要還是體現於東晉時代,正如鄧仕樑所說:「大抵潘陸諸賢,出於建安為多,過江玄風,則導源正

---

[7]「晉氏之風,本之魏焉」為明代徐禎卿語。其原意並不象本文所論,而是持否定、抨擊的態度(詳見本章結語部分),此處僅借其語闡己見而已。

145

始。」[8]「詩緣情而綺靡」(〈文賦〉)「精慮造文,各競新麗」(《文心雕龍‧總術》)的唯美追求,畢竟已成為西晉一代的詩歌創作主導方向。

---

[8] 同1,頁19。

第二章　詩緣情而綺靡

「重情」，是西晉的時代風氣；「緣情而綺靡」，則是「重情」的時代風氣在西晉詩歌中的藝術化表現。西晉詩歌所「緣」之「情」，大都是悲時歎逝的感發、生離死別的哀愁、以及思隱樂遊的逸興。劉勰曾說西晉詩「力柔於建安」(《文心雕龍·明詩》)，所謂「力柔」，即指西晉詩歌的抒情特徵。如果和建安前期詩歌那種慷慨激昂的情調相比，西晉詩歌的抒情確實可謂「力柔」；但西晉詩歌這種「力柔」的抒情特徵，卻頗有建安後期抒情詩歌的餘風遺韻（見本篇第一章）

一　感性命之不永　懼凋落之無期

悲時歎逝，是西晉文學的一個顯明主題。西晉時期蔚然成風的抒情小賦，便多為悲時歎逝之作。如陸機的〈感時賦〉、〈歎逝賦〉、〈感丘賦〉，陸雲的〈歲暮賦〉，夏侯湛的〈秋夕哀〉，潘岳的〈懷舊賦〉、〈秋興賦〉等等。這類賦作，感時世、嗟人生，情哀而辭惋，充溢著強烈生命意識的遷逝感：「歷四時以迭感，悲此歲之已寒。」(陸機〈感時賦〉)「日望空以駿驅，節循虛而警立。嗟人生之短期，孰長年之能執。」(陸機〈歎逝賦〉)「秋夕兮遙永，哀心兮永傷。」(夏侯湛〈秋夕哀〉)「臨川感流以歎逝兮，登山懷遠而悼近。」(潘岳〈秋興賦〉)

在西晉詩歌中，也處處可見對時光易逝的敏感，對人世無常的嗟傷，對死亡難免的憂懼，對生命短暫的悲哀。漢末建安以來的遷逝感，在西晉詩人的筆下，再次得到充分的張揚與抒發。與建安詩人相似的是，西晉文人的遷逝感也曾體現於歌舞聲色之中：「妙舞起齊趙，悲歌出三秦。」（張華〈上巳篇〉）「我後饗客，鼓瑟吹笙。舉爵惟別，聞樂傷情。」（何劭〈洛水祖公應詔〉）「置酒高堂，悲歌臨觴。」（陸機〈短歌行〉）然而，更多的時候，西晉文人的遷逝悲情是在對自然景物的觀照與感觸中得到抒發。其賦云：「矧餘情之含瘁，恆睹物而增酸。」（陸機〈感時賦〉）「悲緣情以自誘，憂觸物而生端。」（陸機〈思歸賦〉）其詩亦云：「哀人易感傷，觸物增悲心。」（張載〈七哀詩〉其二）「悲情觸物感，沉思鬱纏綿。」（陸機〈赴洛道中〉其一）宗白華所說的「晉人向外發現了自然，向內發現了自己的深情。」[9] 在西晉悲時歎逝的詩作中就得到了充分的體現。

西晉文人悲涼沉痛的遷逝感的抒發，大多便是交匯在自然景物的描繪之中。四時的迭代、景候的化遷，最易引發文人對時光流逝、人世無常的感慨。張華的兩首〈雜詩〉便表現了這種深沉的感慨：

---

[9] 宗白華〈論《世說新語》和晉人的美〉，見《美學與意境》（北京：人民出版社，1987），頁189。

第二章　詩緣情而綺靡

　　晷度隨天運，四時互相承。東壁正昏中，涸陰寒節升。繁霜降當夕，悲風中夜興。朱火青無光，蘭膏坐自凝。重衾無暖氣，挾纊如懷冰。伏枕終遙夕，寤言莫予應。永思慮崇昔，慨然獨撫膺。

　　荏苒日月運，寒暑忽流易。同好逝不存，迢迢遠離析。房櫳自來風，戶庭無行跡。蒹葭生床下，蛛蝥網四壁。懷思豈不隆，感物重鬱積。遊雁比翼翔，歸鴻知接翮，來哉彼君子，無愁徒自隔。

　　四時承轉，寒暑流易，意味著「同好逝不存，迢迢遠離析」，「繁霜降當夕，悲風中夜興」及「蒹葭生床下，蛛蝥網四壁」的凋蔽景象，更叫詩人「感物重鬱積」。觸景生情，「慨然獨撫膺」的悲哀之感油然而起。

　　西晉文人中，最多遷逝悲情的就是陸機。顏之推曾說：「陸平原多為死人自歎之言。」(《顏氏家訓・文章》)所謂「死人自歎之言」，便是陸機哀時歎逝的遷逝之感：

　　邈矣垂天景，壯哉奮地雷。豐隆豈久響，華光但西頹。日落似有竟，時逝恒若摧。仰悲朗月運，坐觀旋蓋回。盛門無再入，衰房莫苦開，人生固已短，出處鮮為諧。……弭意無足歡，願言有餘哀。(〈折楊柳〉)

　　華光天景，終歸西頹；豐隆地雷，難以久響；日落月運，

149

時逝若摧⋯⋯詩人從大自然的迭運化遷之中,感悟人生之短暫,出處之難諧;慨歎承歡之不足,負哀之有餘。

> 日月相追周旋,萬里倏忽幾年。人皆冉冉西遷,盛時一往不還。慷慨乖念淒然。(〈董逃行〉其二)
> 嗟行人之藹藹,駿馬陟原風馳。輕舟泛川電邁,寒往暑來相尋。零雪霏霏集宇,悲風徘徊入襟,歲華冉冉方除。我思纏綿未紓,感時悼逝淒如。(〈上留田行〉)

詩人以自然萬物的悠忽變化,印證人世的短促無常:人生在世,不外一匆匆過客,猶如駿馬之過隙,輕舟之迅疾,日月之西遷。盛時終會一去不返,人生旅途更充滿霏霏零雨、凜凜悲風。故此,詩人感時悼逝的情思纏綿無盡,淒然不已。

在中國「天人合一」的傳統觀念中,大自然的四時變化與人類情感的喜怒哀樂是相通的。董仲舒便認為:「天亦有喜怒之氣,哀樂之心,與人相副,以類合之,天人一也。」(《春秋繁露・陰陽義》)關於這一點,董仲舒反復強調說明:「人生有喜怒哀樂之答,春秋冬夏之類也。喜,春之答也;怒,秋之答也;樂,夏之答也;哀,冬之答也。天之副在乎人,人之性情有由天者矣。」(《春秋繁露・為人者天》)「夫喜怒哀樂之發,與清暖寒暑,其實一貫也。喜氣為暖而當春,怒氣為清而當秋,樂氣為太陽而當夏,哀氣為太陰而當冬。⋯⋯人生於天,而取化於天。喜氣者諸春,樂氣者諸夏,怒氣者諸秋,哀氣者

諸冬,四氣之心也。」(《春秋繁露·陽尊陰卑》)

這種自然四時與人類情感「同類相動」[10]的觀念,影響到六朝人的詩文論,例如:

> 春秋代序,陰陽舒慘,物色之動,心亦搖焉。……是以獻歲發春,悅豫之情暢;滔滔孟夏,郁陶之心凝;天高氣清,陰沉之志遠;霰雪無垠,矜肅之慮深。歲有其物,物有其容,情以物遷,辭以情發。(《文心雕龍·物色》)

> 氣之動物,物之感人,故搖蕩性情,形諸舞詠。……若乃春風春鳥,秋月秋蟬,夏雲暑雨,冬月祁寒,斯四候之感諸詩者也。(〈詩品序〉)

陸機〈文賦〉中「悲落葉於勁秋,喜柔條於芳春」的說法,也同樣受此影響。「天人合一」、「同類相動」的觀念雖然濃重的神秘色彩,但人的情感變化與自然物候的變化確實有密切的關係。四季之中,人們對春與秋的感受最為敏感。這是因為春與秋正是物候盛衰更替迭代之季——或萬物萌生,或萬物凋零。這種顯著的自然物候變化,無疑最易刺激、引發人的情感波動(相比之下,夏繁冬寂,處於相對靜止狀態,給人的刺

---

[10]《春秋繁露·同類相動》篇認為:「美事召美類,惡事召惡類,類之相應而起也。」

激也相對為小）。[11] 故古人云：「春女思，秋士悲，而知物化矣。」(《淮南子・謬稱訓》)

就一般情況而言，春與秋對人類情感的影響有所不同。從以上諸例引文可見，萬物萌生的春，易引起人們的喜悅之情；萬物凋零的秋，則易觸發人們的悲涼之感。因此，「悲秋」，自古以來便成為文人吟詠不絕的主題。《楚辭》中就有「悲夫秋風之動容」(〈抽思〉)與「悲哉秋之為氣」(〈九辨〉)的千古名句。西晉文人的遷逝感，也往往借助秋景來表現。秋天的景候，萬物肅殺凋零，正契合人們哀時歎逝的心境。如：

肅肅素秋節，湛湛濃露凝。太陽夙夜降，少陰忽已升。（陸機〈秋詠〉）

詩人以凝重而誇張的筆法，突出強調了秋天的肅殺沉鬱，及景候的變化迅疾。哀時懼逝的心情不言而喻。

靈象運天機，日月如激電。秋風兼夜戒，微霜淒舊院。嘉木殞蘭圃，芳草悴芝苑。嚶嚶南翔雁，翩翩辭歸燕。玉肌隨爪素，噓氣應口見。斂襟思輕衣，出入忘華扇。睹物識時移，顧已知節變。（張載〈秋夜〉）

---

[11] Hans H. Frankel 曾著重分析了春秋二季的景物描寫在中國抒情文學中的重要作用。見 *The Flowering Plum and the Palace Lady: Interpretations of Chinese Poetry* (New Haven and London: Yale University Press, 1976), p. 83.

張載此詩開頭便推出日月如梭、天機運變的景象，接著才漸次展現秋風夜起、微霜淒寒、嘉木殞落、芳草悴凋、候鳥南歸等諸多淒清秋景。詩的末尾，以「睹物識時移，顧已知節變」含蓄地逸化出詩人內心的遷逝思緒。張載的〈七哀詩〉其二，則以細膩的筆觸，鋪寫、渲染了清秋時節的一派蕭瑟凋蔽景象與氣氛，從而烘托出詩人感物生悲、憂思纏綿的情懷，以及「裴徊向長風，淚下沾衣襟」的形象：

秋風吐商氣，蕭瑟掃前林。陽鳥收和響，寒蟬無餘音，白露中夜結，木落柯條森。朱光弛北陸，浮景忽西沉。顧望無所見，唯睹松柏陰。肅肅高桐枝，翩翩棲孤禽。仰聽離鴻鳴，俯聞蜻蛚吟。哀人易感傷，觸物增悲心。丘隴日已遠，纏綿彌思深。憂來令髮白，誰云愁可任。裴徊向長風，淚下沾衣襟。

張協的〈雜詩〉十首，大都是以秋景寫悲情。其中第二、第四首表現的就是哀時歎世的遷逝感：

大火流坤維，白日馳西陸。浮陽映翠林，回飆扇綠竹。飛雨灑朝蘭，輕露淒叢菊。龍蟄暄氣凝，天高萬物肅。弱條不重結，芳蕤豈再馥。人生瀛海內，忽如鳥過目。川上之歎逝，前修以自勖。（其二）

朝霞迎白日，丹氣臨暘谷。翳翳結繁雲，森森散雨

足。輕風摧勁草,凝霜竦高木。密葉日夜疏,叢林森如束。疇昔歎時遲,晚節悲年促。歲暮懷百憂,將從季主卜。(其四)

前一首的景色堪稱明麗清爽,但畢竟已是「弱條不重結,芳蕤豈再馥」,不由引起詩人「川上之歎逝」的感慨。後一首的景致則是陰森沉鬱、寒氣逼人,更令詩人產生「晚節悲年促」的歲暮之憂。

悲秋哀時,是人的自我生命意識覺醒的一種具體表現。因此,有些寫秋之作,儘管沒有著重鋪寫秋天的景致,也沒有明確表述遷逝之歎,但字裏行間,仍可見詩人傷逝惜時、追求人生意義的情懷。如張翰的〈思吳江歌〉:

秋風起兮佳景時,吳江水兮鱸魚肥。三千里兮家未歸,恨難得兮仰天悲。

據〈文士傳〉載:「張翰有清名美望。大司馬齊王同辟為東曹掾。在洛見秋風起,思吳中菰飯、蓴羹、鱸魚膾,歎曰:『人生貴得適意爾,何能羈官數千里以要名爵。』因作此歌,遂命駕還。」可見,張翰觸發於「秋景起兮佳景時」的思鄉之情,融注著「貴得適意」的人生追求,而這種人生追求,正是晉人深悟「性命之不永」的遷逝感的反映。又如何劭的〈雜詩〉:

第二章 詩緣情而綺靡

　　秋風乘夕起，明月照高樹。閒房來清氣，廣庭發暉素。靜寂愴然歎，惆悵忽遊顧。仰視垣上草，俯察階下露。心虛體自輕，飄搖若仙步。瞻彼陵上柏，想與神人遇。道深難可期，精微非所慕。勤思終遙夕，永言寫情慮。

　　全詩只有前四句描繪了一個清秋景致。但這足以讓詩人「靜寂愴然歎，惆悵忽遊顧」。而接下去「仰視垣上草，俯察階下露」的細節描寫，隱然顯示出詩人對物候變遷的敏感。因此，詩人企望追步「神人」，以擺脫生命不永的困擾，但又覺得「道深難可期，精微非所慕」，最終惟有「勤思終遙夕，永言寫情慮」。

　　西晉文人的遷逝感，不僅體現於「悲秋」，還見諸「傷春」。儘管「天人合一」觀及詩文論認為春主喜，但中國歷代的文學作品中卻有大量的傷春之作。《楚辭》中的〈招魂〉就已有「目極千里兮傷春心」，阮籍〈詠懷〉其十三亦云：「遠望令人悲，春氣感我心。」誠然，「一年景，四季中，惟有春光好。」(《金瓶梅詞話》四十六回) 但是，四季遞嬗的自然規律決定了「一年容易又春歸」(陸遊〈初夏行平水道中〉)。於是，人們面對陽春的良辰美景，往往有「韶光易老，休把春光虛度了」(《金瓶梅詞話》四十六回) 的感慨；目睹暮春的敗柳殘花，更產生憐惜痛悼之情。因此，對深懷遷逝感的西晉文人來說，暖春與寒秋一樣，都會引發他們的悲傷情懷：「勁秋不

155

能凋其葉,芳春不能發其華。」(陸機〈幽人賦〉)「步寒林以淒惻,玩春翹而有思,觸萬物而生悲,歎同節而異時。」(陸機〈歎逝賦〉)且看陸機的〈悲哉行〉:

> 遊客芳春林,春芳傷客心。和風飛清響,鮮雲垂薄陰。蕙草饒淑氣,時鳥多好音。翩翩鳴鳩羽,喈喈倉庚音。幽蘭盈通谷,長秀被高岑。女蘿亦有托,蔓葛亦有尋。傷哉客遊士,憂思一何深。目感隨氣草,耳悲詠時禽。寤寐多遠念,緬然若飛沉。願托歸風響,寄言遺所欽。

春遊良辰美景,本是賞心樂事。但詩人卻說「春芳傷客心」,一開頭便點出了「傷春」主題。置身於風和日麗、鳥鳴花香的明媚春光,詩人卻生發出「目感隨氣草,耳悲詠時禽」的深切憂思。春光明媚,終有歸去之時;人生短暫,更難留如春韶華。哀時懼逝而惜春傷春,這就是深負沉重遷逝感的西晉文人心態。「和風習習薄林,柔條布葉垂陰,鳴鳩拂羽相尋,倉庚喈喈弄音,感時悼逝傷心。」陸機的〈董逃行〉其一便直接道出了「傷春」的原因——感時悼逝!

元康六年(296年),石崇聚眾賢於金谷澗遊宴賦詩,其主題便是「感性命之不永,懼凋落之無期」(石崇〈金谷詩序〉)。可以說,這就是西晉文人的一次「傷春」詩會。從潘岳的〈金谷集作詩〉便可見當時文人的「傷春」情懷:

第二章 詩緣情而綺靡

  王生和鼎實，石子鎮海沂。親友各言邁，中心悵有違。何以敘離思，攜手遊郊畿。朝發晉京陽，夕次金谷湄。回溪縈曲阻，峻阪路威夷。綠池泛淡淡，青柳何依依。濫泉龍鱗瀾，激波連珠揮。前庭樹沙棠，後園植烏椑。靈囿繁石榴，茂林列芳梨，飲至臨華沼，遷坐登隆坻。玄醴染朱顏，但訴杯行遲。揚桴撫靈鼓，簫管清且悲。春榮誰不慕，歲寒良獨希。投分寄石友，白首同所歸。

  西晉文人大都被捲入當時險惡黑暗的政治鬥爭漩渦之中，不少人還成為無辜的犧牲品。潘岳雖然「與石崇等諂事賈謐」（《晉書·潘岳傳》），但仍「仕宦不達」（同前），多次被免官。最終，在「八王之亂」中，被誣為「及石崇、歐陽建謀奉淮南王允、齊王同為亂」（同前）與石崇同時被誅。「投分寄石友，白首同所歸」，竟成其讖。[12] 可見，西晉文人傷春所感發的遷逝之歎，不僅表現為對自然生命短促的憂慮，還表現為在亂世中對性命如蟻、朝不保夕處境的恐懼。因此，他們面對「春榮」，卻有「歲寒」之憂。如果說「慕春」表現了西晉文人對生命的熱愛與留戀，那麼，「傷春」則表現了西晉文人對

---

[12]《晉書·潘岳傳》載：「俄而（孫）秀遂誣岳及石崇、歐陽建謀奉淮南王允、齊王同為亂，誅之，夷三族。岳將詣市，與母曰：『負阿母！』初被收，俱不相知。石崇已送在市，岳後至，崇謂之曰：『安仁，卿亦復爾邪？』岳曰：『可謂「白首同所歸」。』岳〈金谷詩〉云：『投分寄石友，白首同所歸。』乃成其讖。」

人生無常的無奈與痛悼。換言之，對生命的無奈與痛惜是文人遷逝感的外在表現；而對生命的熱愛與留戀，則是文人遷逝感的內在本質。遷逝感的抒發，其實就是一曲悲涼淒美的生命頌歌！

　　四時迭運，春榮秋凋，從大自然本身說，即意味著好景不常，盛榮難繼；從美感表現上說；這些景物描寫也正是具有悲涼淒美的特徵。因而，在西晉文人抒發遷逝感的詩中，主體之情與客體之景是十分相契吻合的。袁枚《隨園詩話》云：「凡作詩，寫景易，言情難。何也？景從外來，目之所觸，留心便得；情從心出，非有一種芬芳悱惻之懷，便不能哀感頑豔。」西晉文人帶有悲涼淒美色彩的遷逝情，正是所謂「芬芳悱惻之懷」。也正是由於「寫景易，言情難」，西晉文人便寓情於景之中，借春榮秋凋、四季迭代的景物描寫，抒發悲時哀逝的情懷，從而進一步突出了「哀感頑豔」的情感表現特徵。

二　兒女情多　風雲氣少

　　西晉文人大都有功名之心：「遊子殉高位於生前，志士思垂名於身後。」(陸機〈豪士賦序〉)「矧匹夫之安土，邈投身於鎬京，猶犬馬之戀主，竊托慕於闕庭。」(潘岳〈西征賦〉)「悠悠風塵，皆奔競之士。」(干寶〈晉紀總論〉)離親別土、遊走奔競的生活，產生了大量的遊子思婦詩；宦海沉浮、仕途多舛的現實，致使這類詩大都是表達纏綿悱惻、哀離傷別的情懷。被鍾嶸稱為「兒女情多，風雲氣少」(《詩品》中)的張華詩便

第二章 詩緣情而綺靡

有突出的表現：

> 北方有佳人，端坐鼓鳴琴。終晨撫管弦，日夕不成音。憂來結不解，我思存所欽。君子尋時役，幽妾懷苦心。初為三載別，於今久滯淫。昔邪生戶牖，庭內自成林。翔鳥鳴翠隅，草蟲相和吟。心悲易感激，俯仰淚流衿。願托晨風翼，束帶侍衣衾。（張華〈情詩五首〉其一）

此詩辭意，頗似曹植〈雜詩六首〉其三：

> 西北有織婦，綺縞何繽紛。明晨秉機杼，日昃不成文。太息終長夜，悲嘯入青雲。妾身守空閨，良人行從軍。自期三年歸，今已歷九春。飛鳥繞樹翔，徽徽鳴索群。願為南流景，馳光見我君。

相比之下，張華詩的情感更為濃郁、格調更為低沉、氣氛更為壓抑。曹植題詩以「太息終長夜，悲嘯入青雲」直抒相思愁情，感情甚是強烈。張華則以「憂來結不解」、「幽妾懷苦心」、「心悲易感激，俯仰淚流衿」重重渲染女主人公的相思愁苦，更顯愁腸百轉、哀思綿長。同時，張華詩更注意景物形象的描寫，寓情於景，情景交融。曹植詩以「明晨秉機杼，日昃不成文」表現織婦神不守舍、心煩意亂的情形；張華詩的

159

「終晨撫管弦，日夕不成音」不僅表現了同樣的意緒，更在喑啞凌亂的曲調中，隱寓了佳人鬱結難解的愁情。曹植詩的「飛鳥繞樹翔，徽徽鳴索群」，以飛鳥索群喻織婦思君盼團聚；張華詩則以「昔邪生戶牖，庭內自成林。翔鳥鳴翠隅，草蟲相和吟」，描繪渲染了一個淒清悲涼的環境氣氛，並以此烘托映襯著佳人「心悲易感激」的情懷。曹植詩末聯的「願為南流景，馳光見我君」，體現了織婦思君之情的急切；張華詩末聯的「願托晨風翼，束帶侍衣衾」，則體現為含蓄婉轉而情深意長。「兒女情長」的特徵，在張華抒發遊子情的詩中，也表現得十分明顯。如：

　　清風動帷簾，晨月燭幽房。佳人處遐遠，蘭室無容光。襟懷擁虛景，輕衾覆空床。居歡惜夜促，在戚怨宵長。撫枕獨吟歎，綿綿心內傷。（張華〈情詩〉其三）

此詩以清幽的景致起調。然而，有清景，卻無雅興。「幽房」一詞，已顯見孤寂的氛圍。佳人不在，形只影單，再雅致的居室的也頓覺暗淡無光。襟懷輕衾所擁覆的，也只有一顆孤獨寂寞之心。合歡之時，固然「惜夜促」；但如今戚苦難眠，也就「怨宵長」了。「撫枕獨吟歎」，歎不盡內心的綿綿哀傷。全詩以層層渲染、回環往復的筆法，淋漓盡致地鋪寫了遊子的孤寂惆悵之情。

第二章　詩緣情而綺靡

> 遊目四野外，逍遙獨延佇。蘭蕙緣清渠，繁華蔭綠渚。佳人不在茲，取此欲誰與？巢居覺風飄，穴處識陰雨。未曾遠別離，安知慕儔侶。（張華〈情詩〉其五）

「蘭蕙緣清渠，繁華蔭綠渚」的清麗景色，跟「巢居覺風飄，穴處識陰雨」的孤獨處境形成強烈對比，更凸現遊子哀傷淒惻的的離情別緒。

潘岳的〈顧內詩〉，也同樣表現出繾綣纏綿的相思之情：

> 靜居懷所歡，登城望四澤。春草郁青青，桑柘何奕奕。芳林振朱榮，綠水激素石。初征冰未泮，忽然振絺綌。漫漫三千里，迢迢遠行客。馳情戀朱顏，寸陰過盈尺。夜愁極清晨，朝悲終日夕。山川信悠永，願言良弗獲。引領訊歸雲，沉思不可釋。（其一）
>
> 獨悲安所慕，人生若朝露。綿邈寄絕域，眷戀想平素。爾情既來追，我心亦還顧。形體隔不達，精爽交中路。不見山上松，隆冬不易改。不見陵澗柏，歲寒守一度。無謂希見疏，在遠分爾固。（其二）

「靜居懷所歡」「獨悲安所慕」，二詩都是破句便起情思，可見詩人「顧內」之心甚切。目睹隆冬山上松、歲寒陵澗柏，更堅定「在遠分爾固」的愛情；置身春草青山、芳林綠水、愈喚起「馳情戀朱顏」的思念。「爾情既來追，我心亦還顧」——

161

──綿邈絕域，依依二情豈能隔；「夜愁極清晨，朝悲終日夕」──寸陰盈尺，眷眷相思不可釋。陳祚明曰：「安仁情深之子，每一涉筆，淋漓傾注，宛轉側折，旁寫曲訴，刺刺不能自休。」(《采菽堂古詩選》卷十一)〈顧內詩〉正是如此。

以景寫情的手法，在西晉表現離情別緒的詩作中得到普遍運用。「調彩蔥菁」(《詩品》上)的張協詩尤為突出：

> 秋夜涼風起，清氣蕩暄濁。蜻蛚吟階下，飛蛾拂明燭。君子從遠役，佳人守煢獨。離居幾何時，鑽燧忽改木。房櫳無行跡，庭草萋以綠。青苔依空牆，蜘蛛網四屋。感物多所懷，沉憂結心曲。(〈雜詩〉其一)

全詩以淒清凋蔽的秋景描寫為主。這樣的景物描寫，既映襯了「守煢獨」的佳人形象，也導發出她「沉憂」的思君心曲。陸機的〈燕歌行〉則在四時代序、寒風落葉的景色鋪寫中，表現了思婦感物涕下，思君苦悲的情懷：

> 四時代序逝不追，寒風習習落葉飛。蟋蟀在堂露盈墀，念君客遊常苦悲。君何緬然久不歸，賤妾悠悠心無違。白日既沒明燈輝，夜禽赴林匹鳥棲。雙鳴關關宿河湄，憂來感物涕不晞。非君之念思為誰，別日何早會何遲？

第二章 詩緣情而綺靡

　　傅玄詩也善於運用景物描寫來營造氣氛、烘托感情。如〈朝時篇怨歌行〉以「蜻蜊吟床下，回風起幽闈。春榮隨露落，芙蓉生木末」，「孤雌翔故巢，星流光景絕」，營造了寂寥冷落的氣氛，烘托出哀怨愁苦的情懷。同時，傅玄還善於把景色描寫與比興手法結合起來。如在同上詩中，以「昭昭朝時日，皎皎晨明月」起興，引出「十五入君門，一別終華髮」的思婦情感生活歷程。繼而，以「胡越有會時，參晨遼且闊」，喻寫夫婦天各一方，以「形影無仿佛，音響寂無達」，喻寫思婦的孤寂。「春榮隨露落」「孤雌翔故巢」的景色描寫中，也隱喻著美人遲暮、空閨難熬的怨情。〈昔思君〉全詩短短六句，句句用喻，各不重複，形象地表述了對往昔團聚的追思，以及今日離異的愁苦：「昔君與我兮形影潛結，今君與我兮雲飛雨絕。昔君與我兮音響相和，今君與我兮落葉去柯。昔君與我兮金石無虧，今君與我兮星滅光離。」而〈雜言〉小詩，則以「聽雷」的細節，突出表現了思婦敏感、迫切的思君心情：「雷隱隱，感妾心。傾耳清聽非車音。」

　　在男尊女卑、男子占絕對主宰地位的古代中國，女子對男子的依附性十分強烈。因此，獨守空房的思婦在傷離哀別之時，常有幾分疑慮不安：「京城華麗所，璀璨多異人。男兒多遠志，豈知妾念君。」（陸機〈為周夫人贈車騎〉）「京師多妖冶，粲粲都人子。雅步嫋纖腰，巧笑發皓齒。佳麗良可羨，衰賤安足紀。」（陸雲〈為顧彥先贈婦往返〉）這些詩句刻劃了思婦們敏感憂慮的心理。更有甚者，在傳統禮教文化中，妙齡美

163

貌往往是女性的最高生命價值。韶華逝去則意味著愛情的消失。於是，不少思婦詩常常表露出對美人遲暮、紅顏易衰的惶恐。如：

> 皎皎明月光，灼灼朝日暉。昔為春繭絲，今為秋女衣。丹唇列素齒，翠彩發蛾眉。嬌子多好言，歡合易為姿。玉顏盛有時，秀色隨年衰。常恐新間舊，變故興細微。浮萍無根木，非水將何依。憂喜更相接，樂極還自悲。（傅玄〈明月篇〉）

令人欣慰的是：思婦情深，遊子意切。顯然是為了慰解思婦們的憂慮，遊子們吟道：

> 辭家遠行遊，悠悠三千里。京洛多風塵，素衣化為緇。循身悼憂苦，感念同懷子。隆思亂心曲，沉歡滯不起。歡沉難克興，心亂為誰理？願假歸鴻翼，翻飛浙江汜。（陸機〈為顧彥先贈婦〉其一）

> 我在三川陽，子居五湖陰。山海一何曠，譬彼飛與沉。目想清惠姿，耳存淑媚音。獨寐多遠念，寤言撫空襟。彼美同懷子，非爾誰為心？（陸雲〈為顧彥先贈婦往返〉其一）

> 翩翩飛蓬征，鬱鬱寒木榮。遊止固殊性，浮沉豈一情。隆愛結在昔，信誓貫之靈。秉心金石固，豈從時俗

第二章　詩緣情而綺靡

傾。美目逝不顧，纖腰徒盈盈。何用結中款，仰指北辰星。（同上，其三）

儘管辭家遠行遊，依然「目想清惠姿，耳存淑媚音」；儘管京洛多妖冶，卻是「美目逝不顧，纖腰徒盈盈」。兩情如一，應是「感念同懷子」；隆思亂心，更欲「翻飛浙江汜」。這是相思的心曲，更是愛情的信誓。人非木石，豈能無情？更何況是「情之所鍾，正在我輩」的西晉文人！更何況是辭家遠行、久滯異鄉的遊子！他們滿懷深情的眷戀親人，也同樣深情滿懷地思念舊鄉故土：

百草應節生，含氣有深淺。秋蓬獨何辜，飄搖隨風轉。長飆一飛薄，吹我之四遠。搔首望故株，邈然無由返。（司馬彪〈雜詩〉）

孤獸思故藪，離鳥悲舊林。翩翩遊宦子，辛苦誰為心。仿佛谷水陽，婉孌昆山陰。營魄懷茲土，精爽若飛沉。寤寐靡安豫，願言思所欽。感彼歸途難，使我怨慕深。安得忘歸草，言樹背與襟。斯言豈虛作，思鳥有悲音。（陸機〈贈從兄車騎〉）

朔風動秋草，邊馬有歸心。胡寧久分析，靡靡忽至今。王事離我忘，殊隔過商參。昔往倉庚鳴，今來蟋蟀吟。人情懷舊鄉，客鳥思故林。師涓久不奏，誰能宣我心。（王贊〈雜詩〉）

165

「去家漸久,懷土彌篤。」(陸機〈懷土賦序〉)長年背井離鄉的遊宦生活,使西晉文人無不有強烈的桑梓之思;「懷歸之思,憤而成篇。」(陸機〈思歸賦序〉)懷土思歸的情感抒發,也因此成為西晉抒情詩的一個顯著主題。異鄉奔波的遊子,猶如無根的秋蓬,隨風飄搖,流轉四方。官場黑暗,仕途渺茫,此番辛苦誰為心?孤獸思故藪,離鳥悲舊林,邊馬有歸心,客鳥思故林……禽獸猶如此,遊子何以堪!「營魄懷茲土」的思鄉之愁時時咬齧著遊子的心。然而,山隔水阻,歸途難尋;更「懼兵革未息,宿願有違」(同前),惟有「搔首望故株,邈然無由返」。

八王爭雄,世亂方殷,文士蓬轉,哀深悲切。悲哀,是為西晉遊子詩的主要情調。而觸物生悲,緣景感哀,則是西晉遊子詩情感表現的主要方式。這類遊子詩,當以陸機之作為代表。

陸機出身於吳國世家。祖父陸遜曾任吳丞相,父陸抗曾任吳大司馬。陸機二十歲時,吳國滅。隱居鄉里十年後,陸機於太康末年,與弟陸雲俱入洛。入洛仕晉,固然緣於功名之心,但國破家亡之痛,背井離鄉之苦,時時糾纏於心。由是,陸機入洛之後,多有懷土之作:「余固水鄉士,總轡臨清淵。戚戚多遠念,行行遂成篇。」(〈答張士然〉)其作更多有悲苦之情:「俯仰悲林薄,慷慨含辛楚。懷往歡絕端,悼來憂成緒。感別慘舒翮,思歸樂遵諸。」(〈於承明作與弟士龍〉)「行矣怨路長,怒焉傷別促。指途悲有餘,臨觴歡不足。」(〈贈弟士龍〉)

「分索古所悲,志士多苦心。悲情臨川結,苦言隨風吟。」(〈贈馮文羆〉)陳祚明論陸機云:「夫破亡之餘,辭家遠宦,若以流離不感,則悲有千條。」(《采菽堂古詩選》卷十)此說甚為恰當。「赴洛」諸作,尤見陸機的流離悲苦情懷。

據《晉書・陸機傳》載:「時中國多難,顧榮、戴若思等咸勸機還吳,機負其才望,而志匡世難,故不從。」可見,陸機入洛,確實有負才匡世的動機。但在「赴洛」詩中,這種動機顯然被淡化了:「希世無高符,營道無烈心。」(〈赴洛二首〉其一)「借問子何之,世網嬰我身。」(〈赴洛道中作〉其一)這固然也表現陸機對現實與前途有較清醒的認識,但其淡化匡世之志,主要是為了突出辭親別友的傷感,及戀土懷鄉的悲情:「總轡登長路,嗚咽辭密親」「永歎遵北渚,遺思結南津。」「佇立望故鄉,顧影淒自憐。」(〈赴洛道中作〉其一)「親友贈予邁,揮淚廣川陰。撫膺解攜手,永歎結遺音。」「南望泣玄渚,北邁涉長林。」(〈赴洛二首〉其一)甫始離鄉北上,眷戀之情已如此強烈。「惜無懷歸志,辛苦誰為心。」(同上)「仰瞻凌霄鳥,羨爾歸飛翼。」(〈赴洛二首〉其二)仍在赴洛途中,思歸之念已抑不可止。

陸機的悲情抒發,更多融注於景物描寫之中。「赴洛」諸詩所描繪的,多為北方的景色:「山澤紛紆餘,林薄杳阡眠。虎嘯深谷底,雞鳴高樹巔。哀風中夜流,孤獸更我前。」(〈赴洛道中作〉其一)「頓轡倚高岩,側聽悲風響。清露墜素輝,明月一何朗。」(同上,其二)陸機生長於山青水秀的江南,北方

的景色,對他來說,是那麼的險惡淒寒。正如王湘綺所云:「夜中悲風,以為大雨至矣。及仰望俯視,明月高懸,北中每多此境。南人賦之,始覺淒涼入妙。」[13] 赴洛途中的他鄉異景,時時觸發陸機懷土思歸的悲切之情:「感物戀堂室,離思一何深。」(〈赴洛二首〉其一)「載離多悲心,感物情淒惻。」(同上,其二)「悲情觸物感,沉思鬱纏綿。」(〈赴洛道中作〉其一)其賦作中,也有類似的表述:「行彌久而情勞,途愈遠而思深。羨物品以獨感,悲綢繆而在心。」(〈行思賦〉)「余去家漸久,懷土彌篤。方思之殷,何物不感?水泉草木,咸足悲焉。」(〈懷土賦序〉)正所謂去國懷鄉,感傷彌盛,緣景情生,悲意纏綿。

西晉文人哀離傷別的悲情抒發,還體現在對親友亡故的痛悼。離別,尚有他日重逢的期盼;亡故,乃是「千載不復引」(潘岳〈悼亡詩〉其三)的永逝。因此,悼亡之情更為沉痛哀徹:「我履其房,物存人亡。拊膺泣血,灑淚彷徨。」(陸機〈與弟清河雲〉)「含言言哽咽,揮涕涕流離。」(陸機〈挽歌〉其一)「哀鳴興殯宮,回遲悲野外。」(同上,其二)「拊心痛荼毒,永歎莫為陳。」(同上,其三)西晉文人中,最善哀悼之辭者,莫過於潘岳。《晉書》本傳稱其「尤善哀誄之文。」「潘著哀詞,貫人靈之情性。」劉勰亦說:「潘岳構意,專師孝山,巧於序悲,易入新切。」(《文心雕龍·誄碑》)「及潘岳繼作,

---

[13] 王氏評〈赴洛道中作〉其二語,轉引自《兩晉詩論》,頁69。

第二章　詩緣情而綺靡

實鍾其美。觀其慮贍辭變,情洞悲苦。」(《文心雕龍・哀悼》)

潘岳確實多哀誄之文,如〈懷舊賦〉、〈寡婦賦〉、〈楊荊州誄〉、〈楊仲武誄〉、〈哀永逝文〉等。其〈悼亡詩〉三首,亦是「情洞悲苦」之佳作。[14]〈悼亡詩〉的第一與第三首,皆以自然界寒暑流易、時節代遷的現象起調:「荏苒冬春謝,寒暑忽流易。」(其一)「曜靈運天機,四節代遷逝。」(其三)用遷逝之感導引出悼亡之痛。然而,悼亡悲情抒發又各有不同。第一首著重於睹物思人,情寄舊跡:「望廬思其人,入室想所歷。幃屏無仿佛,翰墨有餘跡。流芳未及歇,遺挂猶在壁。」景物依然,斯人已逝。誠如其〈哀永逝文〉所云:「思其人兮已滅,覽餘跡兮未夷,昔同途兮今異世,憶舊歡兮增新悲。」第三首則著重表述綿綿不盡的思念與哀傷:「奈何悼淑麗,儀容永潛翳。」「改服從朝政,哀心寄私制。」「悲懷感物來,泣涕應情隕。」墳場徘徊一段,更寫得纏綿悱惻,悽楚悲絕:「駕言陟東阜,望墳思紆軫。徘徊墟墓間,欲去復不忍。徘徊不忍去,徙倚步踟躕。落葉委埏側,枯荄帶墳隅。孤魂獨煢煢,安知靈與無。……」

潘岳〈悼亡詩〉其二,則表現為以景襯情,感物興哀:「皎皎窗中月,照我室南端。清商應秋至,溽暑隨節闌。凜凜涼風升,始覺夏衾單……」秋月、涼風、空床、虛室,構成一

---

[14] Chen Shou-yi認為:「潘岳創作貫注了深深的悲苦情感……他最令人矚目的貢獻,就是通過懷念亡妻而創作了一種新型的抒情詩,從而產生了獨特的『悼亡』詩類型。」參見Chen Shou-yi, *Chinese Literature: A Historical Introduction* (New York: The Ronald Press Company, 1961), p. 167.

個淒清寂寥的環境。在這個環境中，詩人感受到衣單歲暮的寒意，更感受到煢煢孑立的孤獨。觸景傷情，不由「悲懷從中起」，「撫襟長歎息」。詩中多次用到頂針的修辭手法：「豈曰無重纊，誰與同歲寒。歲寒無懷同，朗月何朧朧。輾轉盼枕席，長簟竟床空。床空委清塵，室虛來悲風。……撫襟長歎息，不覺涕沾胸。沾胸安能已，悲懷從中起。」頂針的運用，造成一種蟬聯貫注而又回環返複的修辭效果，著重渲染了淒寒、孤寂與哀傷的情緒與氣氛。沈德潛曾評潘岳〈悼亡詩〉曰：「格雖不高，其情自深也。」(《古詩源》卷七) 沈德潛似有不滿：「格雖不高」，但卻也指出了潘岳〈悼亡詩〉的精粹所在：「其情自深」。其實，悼亡之辭，自當情深意綿、纏綿哀傷，豈容取慷慨激昂之高格，況夫詩以道情，情深則美矣！

三　從容養餘日　取樂於桑榆

積極有為的意願與官場黑暗的現實的強烈反差，常常使西晉文人產生歸隱之思。如潘岳在〈秋興賦〉中，便以「池魚籠鳥」自喻，而興發「江湖山藪之思」，嚮往著「逍遙乎山川之阿，放曠乎人間之世，優哉遊哉，聊以卒歲」的隱逸生活。除了潘岳的〈秋興賦〉之外，陸機的〈思歸賦〉、張華的〈思歸賦〉、張載的〈敘行賦〉等都是以思歸慕隱為主題的賦作。而「思隱」詩則數量更多。西晉文人雖然有的在進入仕途前（或其間）曾棲遲隱居（如陸機、潘岳等），也有的最終辭官歸隱（如張協、左思等），但他們的「思隱」之作（包括詩、賦

幾乎都是作於為官之時。正如劉勰所云：「有志深軒冕，而泛詠皋壤；心纏幾務，而虛述人外。」(《文心雕龍・情采》)對於這種現象，范文瀾在《文心雕龍注》中曾評說：「劉歆作〈遂初賦〉、潘岳作〈秋興賦〉、石崇作〈思歸引〉。古來文人類此者甚眾。然不得謂其必無皋壤人外之思。蓋魚與熊掌本所同欲，不能得兼，勢必去一，而反身綠水，固未嘗忘情也。故塵俗之縛愈急，林泉之慕彌深。」可見，「思隱」之作，是西晉文人沉浮宦海，懷才不遇的產物。換言之，身陷官場，心纏幾務的西晉文人，正是企求通過「思隱」之作，來實現一種超時空的獨立人格的淨化與個體生命意義的昇華。因此，「思隱」之作大都是表現出飄逸的意緒、恬愉的心境，以及清新明麗的審美情趣。如：

　　君子有逸志，棲遲於一丘。仰蔭高林茂，俯臨淥水流。恬淡養玄虛，沉精研聖猷。（張華〈贈摯仲治詩〉）

張華位高名重，從未歸隱，但目睹官場的黑暗，亦有「志不在功名」「虛恬竊所好」(〈答何劭〉其二)之感慨，因而在詩中表達了對恬淡清靜的隱逸生活的嚮往。又如石崇〈思歸引〉：

　　思歸引，歸阿陽。假余翼鴻鶴高飛翔。經芒阜，濟河梁，望我舊館心悅康。清渠激，魚彷徨。雁驚溯波群

相將,終日周覽樂無方。登雲閣,列姬姜,抍絲竹,叩宮商,宴華池,酌玉觴。

石崇在〈思歸引序〉中云:「余少有大志,誇邁流俗。弱冠登朝,歷位二十五年。五十以事去官。晚節更樂放逸,篤好林藪。遂肥遁於河陽別業。」五十去官之事,見載於《晉書·石崇傳》:「至鎮,與徐州刺史高誕爭酒相侮,為軍司所奏,免官。復拜衛尉。」可見,石崇雖一度去官,卻又「復拜衛尉」,仍未徹底脫離官場。然而官場的傾軋,仕途的挫折,已使他「困於人間煩黷,常思歸而永歎。」(〈思歸引序〉)〈思歸引〉就是他身羈官場,心馳「舊館」之作。「清渠激,魚彷徨。雁驚溯波群相將」的舊館景象,與「登雲閣,列姬姜,抍絲竹,叩宮商,宴華池,酌玉觴」的隱逸生活,跟官場的「人間煩黷」形成鮮明的對比,令他是那麼的「心悅康」、「樂無方」。

西晉文人的為官思隱之作跟遊宦思鄉之作顯然不同。首先,遊宦思鄉是一種溶注著遊子身世漂零的現實感受,因而其感情的抒發是哀傷悲傷的;而為官思隱,則是力圖擺脫現實的「煩黷」,追求精神上的自我超越。因而其所表現的大都是恬淡的心境與愉悅的情懷。某些思隱詩雖然也有慨歎,但截然不能與遊子思鄉的悲情相比。如「駕言歸外庭,放志永棲遲。相伴步園疇,春草鬱鬱滋。榮觀雖盈目,親友莫與偕。悟物增隆思,結戀慕同儕。援翰屬新詩,永歎有餘懷。」(張華〈答何

劭〉其三)詩中的「悟物增隆思」「永歎有餘懷」雖有感慨,但顯然遠不似「載離多悲心,感物情淒惻」(陸機〈赴洛二首〉其二)的哀思悲情。其次,與悲情抒發相映襯,遊子思鄉之作的景物描寫,大都表現為清冷淒寒的色調;而思隱之作的景物描寫,卻以清新明麗為主。如「金風扇素節,丹霞啟陰期。騰雲似湧煙,密雨如散絲。寒花發黃采,秋草含綠滋。閒居玩萬物,離群戀所思。案無蕭氏牘,庭無貢公檾。高尚遺王候,道積自居基,至人不嬰物,餘風足染時。」(張協〈雜詩〉其三)此詩所寫之景雖是遊子詩常用的秋景,卻全無淒寒凋零之象,反給人以心曠神怡之感。「丹霞啟陰期」「秋草含綠滋」二句更見明麗的色彩與蓬勃的生意。

　　最能表現出上述特點的思隱之作,則是「招隱」詩。最早以「招隱」為題的作品,當推西漢淮南王劉安的〈招隱士〉。〈招隱士〉可謂名符其實的「招隱」之作。它以「山氣巃嵸兮石嵯峨,溪谷嶄岩兮水曾波。猿狖群嘯兮虎豹嗥,攀援桂枝兮聊淹留」等陰森怖厲的景色描寫,來勸諭「王孫兮歸來,山中兮不可以久留」。西晉文人如張華、陸機、左思、張載、閭丘沖等皆有「招隱」詩作。與淮南王劉安的〈招隱士〉迥然異趣,西晉文人的「招隱」詩皆有「歸隱」之思;詩中的景物描寫,也多表現為清新明麗。如陸機的〈招隱詩〉:

　　　　明發心不夷,振衣聊躑躅。躑躅欲安之,幽人在浚谷。朝采南澗藻,夕息西山足。輕條象雲構,密葉承翠

惺。激楚佇蘭林,回芳薄秀木。山溜何泠泠,飛泉漱鳴玉。哀音附靈波,頹響赴曾曲。至樂非有假,安事澆淳樸。富貴苟難圖,稅駕從所欲。

這首詩著力描繪清新秀美的西山景象,詩中雖有「哀」「頹」的字眼,實不足掩山水之麗。如此景致,不僅「幽人」招不歸,連詩人自己也終於滋生了「稅駕從所欲」之念。陸機另有兩首〈招隱〉詩:

駕言尋飛遯,山路鬱盤桓。芳蘭振蕙葉,玉泉湧微瀾。嘉卉獻時服,靈術進朝餐。(其一)
尋山求逸民,穹谷幽且遐。清泉蕩玉渚,文魚躍中波。(其二)

二詩起句便都點明「招隱」之意:「尋飛遯」、「求逸民」,但以下篇幅皆是表現清幽雅致、生機盎然的山中景物,和超逸脫俗的隱者生活。此情此景,能不思隱?

與陸機幾乎同時的左思,亦有兩首〈招隱〉詩,其中第一首尤為後人所傳誦:

杖策招隱士,荒塗橫古今。岩穴無結構,丘中有鳴琴。白雲停陰岡,丹葩曜陽林。石泉漱瓊瑤,纖鱗或浮沉。非必絲與竹,山水有清音,何事待嘯歌,灌木自悲

吟。秋菊兼餱糧，幽蘭間重襟。躊躇足力煩，聊欲投吾簪。

左思在詩中不僅盡情地描繪了山中清麗美景，還進一步指出：「非必絲與竹，山水有清音。」這表明山水美景不僅是隱者的居住環境，還融匯了藝術化、玄思化的隱逸生活情趣。「躊躇足力煩」的詩人，又怎麼能不「聊欲投吾簪」——投入山水自然的懷抱呢？

可以說，西晉文人在「招隱」詩中極寫山水美景，正是以之作為黑暗官場的對照物。兩相對照，喜惡之情不言而喻。「招隱」之作，也就自然反見「歸隱」之思了。當然，並不是所有的「歸隱」詩都極力描繪山水景物。如張華、張載、閭丘沖的〈招隱〉詩，就無明顯的景物描寫，卻更直接地申明了思隱的緣由：「隱士托山林，遁世以保真。連惠亮未遇，雄才屈不伸。」（張華〈招隱〉其一）與歸隱的決心：「去來捐時俗，超然辭世偽。得意在丘中，安事愚與智。」（張載〈招隱詩〉）

西晉文人雖多「思隱」，卻很少「慕仙」。而且「慕仙」之情，也常常跟「思隱」之念混淆。如陸機的〈贈潘尼〉所表現：

水會於海，雲翔於天。道之所混，孰後孰先。及子雖殊，同升太玄。舍彼玄冕，襲此雲冠。遺情市朝，永志丘園。靜猶幽谷，動若揮蘭。

既「同升太玄」,又「永志丘園」,陸機慕仙兼思隱,皆只為了「舍彼玄冕」、「遺情市朝」——掙脫官場的羈網。陸機的〈東武吟行〉,則塑造了一個亦仙亦隱的形象:「投跡短世間,高步長生閨。濯髮冒雲冠,浣身被羽衣。饑從韓眾餐,寒就伕女棲。」

仙境的描寫,也往往跟隱逸環境無異:

> 崢嶸玄圃深,嵯峨天嶺峭。亭館籠雲構,修梁流三曜。蘭葩蓋嶺披,清風緣巢嘯。(張協〈遊仙〉)

> 青青陵上松,亭亭高山柏。光色冬夏茂,根柢無凋落。起士懷真心,悟物思遠托。揚志玄雲際,流目矖岩石。羨昔王子喬,友道發伊洛。迢遞陵峻岳,連翩御飛鶴。抗跡遺萬里,豈戀生民樂。長懷慕仙類,眇然心綿邈。(何劭〈遊仙詩〉)

張協詩表現的景致,誠可視為隱士棲身的佳境。何劭「慕仙」而「揚志玄雲際」,卻同時又「流目矖岩石」。

其實,西晉文人並不誠心信有「仙類」。陸機就說過:「求仙鮮克仙,太虛不可淩。」(〈駕言出北闕行〉)何劭也曾表示:「道深難可期,精微非所慕。」(〈雜詩〉)顯而可見,西晉文人的「慕仙」,其實質和「思隱」一樣,只不過是為了尋求精神上的超脫。因此,他們的「慕仙」之作,並不在乎混雜「思隱」之情及人境之景。從這個意義上說,「慕仙」之作,可視為「思隱」之作的一個分支。

第二章 詩緣情而綺靡

　　然而，生活在現實中的西晉文人，並不是老沉溺於「思隱」「慕仙」之中，他們更多地是採取一種更為實際的生活方式：樂遊。即縱情遊樂人生，藉以忘卻遷逝的困擾和現實的痛苦，在有限的生命及有限的空間中，尋獲最佳的人生樂趣。

　　西晉文人遊樂人生的詩作，有的是反映他們宴飲尋歡的情形，有的則是表現他們園林暢遊的意趣。這些詩歌，無論題材、情調、風格，都頗受建安同類詩的影響。先看宴飲尋歡的詩例：

　　　　日之既逝，情亦既渥。賓委余歡，主容不足。樂飲今夕，溫其如玉。（傅玄〈宴會詩〉）
　　　　蒲萄四時芳醇，琉璃千鐘舊賓。夜飲舞遲銷燭，朝醒弦促催人。春風秋月恆好，歡醉日月言新。（陸機〈飲酒樂〉）

　　他們有感於「日之既逝，情亦既渥」，因而盡情地樂飲歡醉。他們樂飲，是為了享受春風秋月的美好人生；他們歡醉，是為了珍惜日月言新的寶貴時光。儘管這種生活方式有消極的傾向，但不能否認，強烈地留戀美好人生，正是西晉宴飲詩的基調。他們沉醉於芳醇美酒，也鍾情於紅顏秀色。象芳醇美酒一樣，紅顏秀色也是美好人生的象徵。因而，對紅顏秀色、妍姿媚態的欣賞與讚美，也是西晉文人留戀生命、享樂人生的一種表現：

177

瓊環俟半價，窈窕不自鬻。有美蛾眉子，惠音清且淑。修胯協姝麗，華顏婉如玉。（陸機〈贈紀士〉）

虹梁照曉日，淥水泛香蓮。如何十五少，含笑酒壚前。花將面自許，人共影相憐。回頭堪百萬，價重為時年。（劉琨〈胡姬年十五〉）

這類詩繼承了建安曹氏兄弟描寫女色的傳統，並進而發展為在短小的篇幅中全力表現秀色妍姿，實開南朝宮體詩的先河。

西晉文人的「樂遊」之風，更多表現在遊娛詩中。與宴飲詩相比，遊娛詩不僅數量多，而且藝術成就更為突出，唯美傾向也更為鮮明。與「宴飲」一樣，西晉文人的「遊娛」，也是為了抓緊有限的生命，及時而盡情地享樂人生：

仁風導和氣，句芒御昊春。姑洗應時月，元巳啟良辰。密雲蔭朝日，零雨灑微塵。飛軒遊九野，置酒會眾賓。臨川懸廣幕，夾水布長茵。徘徊存往古，慷慨慕先真。朋從自遠至，童冠八九人。追好舞雩庭，擬跡洙泗濱，伶人理新樂，膳夫煞時珍。八音硼磕奏，肴俎從橫陳。妙舞起齊趙，悲歌出三秦。春醴逾九醞，冬清過十旬。盛時不努力，歲暮將何因。勉哉眾君子，茂德景日新。高飛舞鳳翼，輕舉攀龍鱗。（張華〈上巳篇〉）

「飛軒遊九野」與「置酒會眾賓」，都是出自「盛時不努力，歲暮將何因」的感觸。因此，在品佳餚賞妙舞的同時，他們還「追好舞雩庭，擬跡洙泗濱」，縱情暢遊於陽春的良辰美景之中。這首詩描寫的是上巳節春遊的情景。三月上巳節，是中國一古老的風俗。鄭玄注《周禮·春官宗伯下·女巫》中「掌歲時祓除釁浴」句云：「歲時祓除，如今三月上巳如水上之類。」《後漢書·禮儀志上》亦有「是月上巳，官民皆潔於東流水上，曰洗濯祓除，去宿垢疢，為大潔」的記載。在這個「祓除釁浴」的春禊節日中，人們也常常以遊娛為樂事。《詩經》中的〈鄭風·溱洧〉就是記　古代鄭國上巳節青年男女盡情享受青春歡樂的趣事。這個風俗相沿至晉，更助長了文人樂遊人生之風。樂遊三月上巳，也就成為西晉文人的盛事。在現存的西晉詩中，以「上巳」和「三月三日」為題的，便有近十首。三月上巳，正是春光明媚時節。上文說過，西晉文人因哀時歎逝，卻絕非厭世輕生，而恰恰是基於對生命的眷戀和對人生的熱愛。因此，當他們竭力擺脫遷逝的困擾和現實的痛苦而樂遊人生時，對一年之中最美好的春天便寄以極熱烈的讚美之情。遊春樂春，便成為西晉遊娛詩的主要題材。試看潘尼的〈三月三日洛水作〉：

> 暮運無窮已，時逝焉可追。鬥酒足為歡，臨川胡獨悲。暮春春服成，百草敷英蕤。聊為三日遊，方駕結龍旗。廊廟多豪俊，都邑有豔姿。朱軒蔭蘭皋，翠幕映洛

湄。臨崖濯素手,步水寒輕衣,沉鉤出比目,舉弋落雙飛。羽觴乘波進,素俎隨流歸。

既知時逝不可追,又何必臨川而獨悲?與「遊客芳春林,春芳傷客心」(陸機〈悲哉行〉)的情形不同,樂遊上巳節的文人是那樣的逸興風發、歡情盎然。三春嘉時的景色,更顯得英華秀麗,明媚祥和。逍遙其間,其樂也融融:

三春之季,歲惟嘉時。靈雨既零,風以散之。英華扇耀,祥鳥群嬉。澄澄綠水,澹澹其波。修岸逶迤,長川相過。聊且逍遙,其樂如何。坐此修筵,臨彼素流。嘉肴既設,舉爵獻酬。彈箏弄琴,新聲上浮。水有七德,知者所娛。……(阮修〈上巳會詩〉)

上巳春禊,濯故潔新,也濯除了文人心中鬱結的愁緒悲情,換來了清新暢逸的心境。他們「好林藪」、「樂放逸」、「出則以遊目弋釣為事,入則有琴書之娛」(《思歸引序》)的隱逸心願,在上巳春遊中得以實現:「飛軒遊九野,置酒會眾賓」,「沉鉤出比目,舉弋落雙飛」,「彈箏弄琴,新聲上浮」。在這個意義上說,春禊樂遊,其實也是西晉文人思隱情結的釋放與外化。唐代的白居易曾在〈中隱〉詩中推崇「中隱」:「大隱住朝市,小隱入丘樊。丘樊太冷落,朝市太囂喧。不如作中隱,隱在留司官。」所謂「中謂」,就是「歌酒

優遊聊卒歲,園林瀟灑可終身。……月俸百千官二品,朝廷雇我作閒人。」(白居易〈從同州刺史改授太子少傅分司〉)西晉文人幾務偷閒,逍遙樂遊,其實就是一種「中隱」心態的表現。借此樂遊,以消釋其「出處鮮為諧」(陸機〈折楊柳〉)的矛盾與苦惱。張華的〈答何劭〉其一,就明顯地袒露了這種「中隱」的心態:

> 吏道何其迫,窘然坐自拘。纓緌為徽纆,文憲焉可逾。恬曠苦不足,煩促每有餘。良朋貽新詩,示我以遊娛。穆如灑清風,煥若春華敷。自昔同寮寀,於今比園廬。衰疾近辱殆,庶幾並懸輿。散髮重陰下,抱杖臨清渠。屬耳聽鸎鳴,流目玩鯈魚。從容養餘日,取樂於桑榆。

窘迫自拘的吏道,曾使張華欲「駕言歸外庭,放志永棲遲」(〈答何劭〉其三)。雖然張華終死而未歸隱,但其棲遲之志,卻在園林遊娛中得以實現:「散髮重陰下,抱杖臨清渠。屬耳聽鸎鳴,流目玩鯈魚。」其「從容養餘日,取樂於桑榆」,既是遊娛的體會,也是遊娛的動機,更可視為白居易「歌酒優遊聊卒歲,園林瀟灑可終身」的前曲先聲。

南朝唯美派文論家蕭繹在分辨「文」與「筆」時說:「至如不便為詩如閻纂,善為章奏如柏松,若此之流,泛渭之筆。吟詠風謠,流連哀思者,謂之文。」(《金樓子·立言》)西晉文

人的哀時歎逝、悲離傷別,即所謂流連哀思者;思隱樂遊,即吟詠風謠者。可見,南朝人辨「文」,首先著眼於情感的抒發,即以情美為文美的首要因素。這正是西晉人「詩緣情而綺靡」的繼承與發展。然而,在南朝唯美派眼中,情美又並非文美的最重要因素。蕭繹又說:「至如文者,惟須綺縠紛披,宮徵靡曼,唇吻遒會,情靈搖盪……潘安仁清綺若是,而評者止稱情切,故知為文之難也。曹子建、陸士衡,皆文士也,觀其辭致側密,事語堅明,意匠為序,遣言無失,雖不以儒者命家,此亦悉通其義也。」(同前)在這裏,「情美」又退居次席,文辭形式美更受重視。僅是「情切」,難以成文之美。這種以情為主,卻同時又更追求文辭形式美的創作傾向,在西晉文人的詩歌創作中,便已表現得相當鮮明。西晉文人正是既標舉「詩緣情」、以情美為詩美的首要因素,又同時孜孜不倦地追逐文辭形式的綺靡之美。其勢正如劉勰所云:「精慮造文,各競新麗。」(《文心雕龍·總術》)

第三章　精慮造文　各競新麗

「晉世尤尚綺靡」(遍照金剛《文鏡秘府論‧論文意》)。西晉文人雖有「詩緣情」的創舉，但其詩歌創作為後人所矚目則是「綺靡」的風貌。具體詩人的創作特點，也大都被視為文辭形式的綺靡。如張華「其體華豔」(鍾嶸《詩品》中)，「辭藻溫麗」(《晉書‧張華傳》)；張協「華采俊逸」(許學夷《詩源辨體》卷五)；陸機「天才秀逸，辭藻宏麗」(《晉書‧陸機傳》)；潘岳「辭藻絕麗」(《晉書‧潘岳傳》)，「爛若舒錦」(《詩品》上)；潘尼「文彩高麗」(《詩品》中)⋯⋯其實，西晉文人自己對文辭形式美就十分重視。他們在有關文學特質及文學創作的論述中，就十分強調「美」的標準。[15] 因此，在詩歌創作實際中，自覺而積極地追求文辭形式美，便成為西晉詩壇的普遍現象。

一　縟旨星稠　繁文綺合

沈約《晉書‧謝靈運傳論》云：「降及元康，潘、陸特秀，律異班、賈，體變曹、王，縟旨星稠，繁文綺合。」縟旨星稠，繁文綺合，即指辭藻的綺麗繁富。這正是西晉詩最顯著的唯美特徵。這個特徵的形成，跟詩人本身的文學素質與修養

---

[15] 見本章第一節有關文論的部分。

有密切關係。西晉文人大都是才大學博者。如張華「學業優博，辭藻溫麗，朗贍多通，圖緯方伎之書，莫不詳覽」(《晉書·張華傳》)；陸機「少有異才，文章冠世」(《晉書·陸機傳》)，「至如士衡才優，而綴辭尤繁」(《文心雕龍·鎔裁》)，「才高詞贍，舉體華美」(《詩品》上)，「學富而辭贍，才逸而體華」(安磐《頤山詩話》)；潘岳「少以才穎見稱邑，號為奇童」(《晉書·潘岳傳》)；張協「少有儁才，與(張)載齊名」(《晉書·張協傳》)；傅玄「博學善屬文」(《晉書·傅玄傳》)；張載「博學有文章」(《晉書·張載傳》)；潘尼「少有清才……唯以勤學著述為事」(《晉書·潘尼傳》)。

　　學識廣博，才華橫溢，使他們能揮灑自如地博喻釀藻，鋪采逞麗。如陸機的〈園葵詩〉，便是借園葵之喻，陳飾美之辭：

　　　　種葵北園中，葵生鬱萋萋。朝榮東北傾，夕穎西南晞。零露垂鮮澤，朗月耀其輝。時逝柔風戢，歲暮商飆飛。曾雲無溫液，嚴霜有凝威。幸蒙高墉德，玄景蔭素蕤。豐條並春盛，落葉後秋衰，慶彼晚凋福，忘此孤生悲。

　　詩中附托權貴的喻意雖不足論，但其縟藻麗辭卻很能代表陸機詩的語言特色。又如：

> 婕妤去辭寵，淹留終不見。寄情在玉階，托意唯團扇。春苔暗階除，秋草蕪高殿。昏黃履綦絕，愁來空雨面。（陸機〈婕妤怨〉）

一個婕妤辭寵的舊主題，卻寫得如此纏綿淒美而典雅工致。

抒發個人情懷的詩，更顯情辭兼美。詩以道情，情以感人。情未深，固然難引起共鳴；辭拙劣，亦不可能吸引人。所以，「夫詩以道情，未有情深而語不佳者。」（《采菽堂古詩選》卷十一）情深語佳，兩不相違。誠如張華所云：「發篇雖溫麗，無乃違其情。」（〈答何劭〉其二）張華的〈雜詩〉其二，便可稱描景辭麗，訴懷情深之作：

> 逍遙遊春宮，容與綠池阿。白蘋齊素葉，朱草茂丹華。微風搖茝若，層波動芰荷。榮采曜中林，流馨入綺羅。王孫遊不歸，修路邈以遐。誰懷玩遺芳，佇立獨咨嗟。

潘岳詩亦多情深並「摛藻清豔」[16]的表現，如：「日夕陰雲起，登城望洪河。川氣冒山嶺，驚湍激巖阿。歸雁映蘭崎，遊魚動圓波。鳴蟬厲寒音，時菊耀秋華。」（〈河陽縣作〉其二）

---

[16] 《文選》卷七潘岳〈藉田賦〉注引臧榮緒《晉書》語，見《文選》（北京：中華書局，1990），頁115。

「南陸迎修景，朱明送末垂。初伏啟新節，隆暑方赫曦。朝想慶雲興，夕遲白日移。揮汗辭中宇，登城臨清池。涼飆自遠集，輕襟隨風吹。靈圃耀華果，通衢列高椅。」（〈在懷縣作〉其一）這些詩作於潘岳遭貶官之際，表述的是「引領望京室，南路在伐柯」（〈河陽縣作〉其二）和「徒懷越鳥志，眷戀想南枝」（〈在懷縣作〉其一）的失意哀怨情懷。但其文辭確實有「流聲馥秋蘭，摘藻豔春華」（潘尼〈贈河陽詩〉）的表現。前面所引潘岳的〈金谷集作詩〉、〈顧內詩〉、〈悼亡詩〉等，也莫不為「發篇雖溫麗，無乃違其情」（張華〈答何劭〉其二）之作。《晉書》本傳云：「潘著哀詞，貫人靈之情性。……岳藻如江，濯美錦而增絢。」所謂「貫人靈之情性」，達至情韻之美；所謂「濯美錦而增絢」，達至文辭之美。這就是潘岳文學創作的兩個顯著特點，如果從唯美詩歌發展的角度看，後者的影響則更為深遠。

劉勰在《文心雕龍·麗辭篇》中曾指出：「至魏晉群才，析句彌密，聯字合趣，剖毫析厘。」西晉文壇的情形確是如此。從陸機主張「其會意也尚巧，其遣言也貴妍」（〈文賦〉），與陸雲要求乃兄「一字兩字」「損益」己作（〈與兄平原書〉）便可見一斑。由「建安之初」的「造懷指事，不求纖密之巧」（《文心雕龍·明詩》），到西晉的會意尚巧、遣言貴妍和析句彌密，無疑是文學進步的重要表現。

如張華的〈情詩〉五首，不僅情深辭綺，其中「翔鳥鳴翠隅，草蟲相和吟」（其一），「襟懷擁虛景，輕衾覆空床」（其

三),「蘭蕙緣清渠,繁華蔭綠渚」(其五)等詩句,更見「巧用文字,務為妍冶」(《詩品》中)之功。張協詩中的「房櫳無行跡,庭草萋以綠,青苔依空牆,蜘蛛網四屋」(〈雜詩〉其一),「浮陽映翠林,回飆扇綠竹,飛雨灑朝蘭,輕露棲叢菊」(〈雜詩〉其二),亦頗顯煉句琢字之巧。陸機在這方面的表現也很突出,如「夕息抱影寐,朝徂銜思往」(〈赴洛道中作〉其二),「青苔暗階除,秋草蕪高殿」(〈婕妤怨〉),「和風飛清響,鮮雲垂薄陰」(〈悲哉行〉),「玄雲拖朱閣,振風薄綺疏」(〈贈尚書郎顧彥先〉其二)等,皆是會意尚巧,遣言貴妍之例。其〈當置酒〉中的「日色花上綺,風光水中亂」二句,用字尋常,卻刻意生新,聯璧成趣,其中一個「亂」字,可謂極盡風光水色之姿、湊泊旖旎之麗。

雙聲疊韻詞、聯綿詞以及對偶的運用,也是詩歌語言形式美的重要因素。雙聲如「慷慨」、「氤氲」、「咨嗟」、「荏苒」,疊韻如「窈窕」、「綺靡」、「婆娑」、「葳蕤」,雙聲兼疊韻如「繾綣」、「旖旎」等等,常見於西晉詩中。更多運用的是聯綿詞,諸如「逍遙」、「容與」、「延佇」、「寤寐」、「嵯峨」、「蜘蹰」、「繽紛」、「纏綿」等等。這幾類詞語的運用,除了可以增強詩歌的表現力外,還給人以音樂的美感。

對偶的使用在西晉詩中更為普遍。上文所引詩例中的「川氣冒山嶺,驚湍激岩阿,歸雁映蘭峙,遊魚動圓波」,「朝榮東北傾,夕穎西南晞,零露垂鮮澤,朗月耀其輝」,「白蘋齊

素葉,朱草茂丹華,微風搖芑若,層波動芰荷」等等,皆為整飭的對偶句。張協〈雜詩〉其四全詩十二句,竟有十句對偶:「朝霞迎白日,丹氣臨暘谷。翳翳結繁雲,森森散雨足。輕風摧勁草,凝霜竦高木。密葉日夜疏,叢林森如束。疇昔歎時遲,晚節悲年促。歲暮懷百憂,將從季主卜。」劉勰《文心雕龍·麗辭》引用張華、劉琨的詩例稱:「是以言對為美,貴在精巧。」從創作的角度看,言對顯示了作者的精巧之工;從欣賞的角度看,言對則給人以工整的視覺形式美感,和抑揚的聽覺節奏美感。陸機〈文賦〉的「音聲之迭代」說,雖有開詩歌聲律理論先風的意義,但西晉詩歌絕不可能以後世的「四聲八病說」來衡量。[17] 西晉詩歌的音韻美,主要體現為口吻調利、抑揚協和。具體說來,即表現在雙聲、疊韻、聯綿詞,尤其是駢儷對偶的巧妙運用中。陸機在〈鼓吹賦〉中曾極贊音樂的韻律美。此賦雖非用心於作文之法,但西晉詩中對雙聲、疊韻、聯綿詞及駢儷對偶的巧妙運用,恰好達到了〈鼓吹賦〉所描繪的「飾聲成文,雕聲作蔚,響以形分,曲以和綴,放嘉樂於會通,宣萬變於觸類。適清響以定奏,期要妙於豐殺」的韻律美效果。

西晉詩的雕琢鍛煉,常常形成「佳句」,例如:「襟懷擁虛景,輕衾覆空床。」「生從命子遊,死聞俠骨香。」(張華)

---

[17] 鍾嶸《詩品》評張協詩「音韻鏗鏘」,亦當指其「清濁通流,口吻調利」(《詩品序》)。倘若以「四聲八病」度之,則諸多犯忌(參見鄧仕樑《兩晉詩論》頁62至65)。又,沈約《宋書謝靈運·傳論》稱孫楚、王瓚詩「以音律調韻,取高前式」,其實,孫楚、王瓚詩也並不符合沈氏聲律說的要求。

第三章　精慮造文　各競新麗

「浮陽映翠林,回飆扇綠竹。飛雨灑朝蘭,輕露棲叢菊。」(張協)「夕息抱影寐,朝徂銜思往。」「飛閣纓虹帶,曾台冒雲冠」(陸機)「川氣冒山嶺,驚湍激岩阿。歸雁映蘭畤,遊魚動圓波。」(潘岳)……等等。這些佳句,誠可謂「皆精言秀調,獨步當時。六朝諸君子生平精力,罄於此矣。」(胡應麟《詩藪·內篇》卷二)文彩的鋪飾,甚至某些詞語的巧妙運用,不一定就能構成佳句。但佳句必然是會意尚巧,遣詞貴妍的產物,是全詩的精粹所在。有佳句,全詩便頓增光采,猶如「石韞玉而山暉,水懷珠而川媚。」(陸機〈文賦〉)

　　後人論詩,頗推崇「不可句摘」,例如:「漢魏古詩,氣象混沌,難以句摘。」(嚴羽《滄浪詩話·詩評》)「詩之難,其〈十九首〉乎!畜神秀於溫厚,寓感愴於和平。意愈淺愈深,詞近愈遠。篇不可句摘,句不可字求。」(胡應麟《詩藪·內篇》卷二)「建安之作,全在氣象,不可尋枝摘葉。」(《滄浪詩話·詩評》)「漢人詩不可句摘者,章法渾成,句意聯屬,通篇高妙,無一蕪蔓,不著浮靡故耳。」(《詩藪·內篇》卷二)渾然天成,通篇高妙,固然是詩歌創作的優良傳統。但西晉文人卻刻意突破這個傳統,而追求「苕發穎豎,離眾絕致」(陸機〈文賦〉)的佳句美。對佳句美的追求,其實正是文學自覺時代的產物,是文人對詩歌語言藝術深入探索的表現。這種探索,在建安詩人的創作中已見端倪:「嚴(羽)謂建安以前,氣象渾淪,難以句摘,此但可論漢古詩。若『高臺多悲風』、『明月照高樓』、『思君如流水』、皆建安語也。子建、子桓工語

甚多,如『丹霞夾明月,華星出雲間』、『秋蘭被長阪,朱華冒綠池』之類,句法字法,稍稍透露。」(《詩藪·內篇》卷二)西晉文人正是在曹氏兄弟「稍稍透露」的基礎上,大力展開對工語佳句的自覺追求。

然而,在佳句的創造中,往往出現「心牢落而無隅,意徘徊而不能揥」(陸機〈文賦〉)的情形,而佳句在詩中又往往是「塊孤立而特峙,非常音之所緯」(同前)的,因此,確實難以表現出全詩渾然一體的氣韻,以致產生有句無篇的缺憾。陸機自己也意識到這一點,所以他說:「彼榛楛之勿翦,亦蒙榮於集翠。綴〈下里〉於〈白雪〉,吾亦濟夫所偉。」(同前)

儘管如此,西晉文人對工語佳句的追求,畢竟是詩歌藝術發展的必經環節,是中國詩歌日益趨向精美化的重要標誌。詩歌,從根本上說,就是語言的藝術!

二 巧構形似之言

「巧構形似之言」,是鍾嶸《詩品》對張協的評語。何謂「巧構形似之言」?鍾嶸並未明指。但從他對其他詩人的評語中,倒可以瞭解其含義。如評鮑照:「其源出於二張,善制形狀寫物之詞,得景陽之俶詭,含茂先之靡曼。……然貴尚巧似。」可見,「巧構形似之言」,就是「善制形狀寫物之詞」,即狀物寫景貴尚形似。另《詩品》評謝靈運「雜有景陽之體,故尚形似。」評顏延之「其源出陸機,尚形似。」顏之推《顏氏家訓·文章》評何遜詩「實為精巧,多形似之言。」

第三章 精慮造文 各競新麗

謝、顏、何皆為寫景高手,他們的詩「尚形似」,「多形似之言」,也就證明了「形似」是寫景狀物之作的突出表現。

「形似」之風,煽起於以「體物」為主要表現手法的漢賦:「氣貌山海,體勢宮殿,嵯峨揭業,熠耀琨煌之狀,光采煒煒而欲然,聲貌岌岌其將動矣。莫不因誇以成狀,沿飾而得奇也。」(《文心雕龍‧誇飾》)漢賦大家司馬相如也因此而被稱為「巧為形似之言。」(沈約《宋書‧謝靈運傳論》)但漢賦對宮苑殿閣、珍禽怪獸、奇花異草的鋪寫,多有想像的成份與誇飾的因素,而西晉詩則多著眼於自然景物的描繪,體物細徵、敘景精巧,運以密附的筆法,加以麗采巧詞,為詩歌的寫景狀物,開闢了一條新的途徑。

張協詩現存不過十二、三首,寫景狀物占了極大的比重。如:「澤雉登壟雊,寒猿擁條吟。溪壑無人跡,荒楚鬱蕭森。投來循岸垂,時聞樵采音。」(〈雜詩〉其九)「沉液漱陳根,綠葉腐秋莖。里無曲突煙,路無行輪聲。環堵自頹毀,垣閭不隱形。尺燼重尋桂,紅粒貴瑤瓊。」(〈雜詩〉其十)「飛澤洗冬條,浮飆解春凘。采虹纓高雲,文虯鳴陰池。沖氣扇九垠,蒼生衍四垂。」(〈雜詩〉)……皆體物入微,寫景如畫,實不愧巧構形似之作。

張協尤長寫雨中之景:「浮陽映翠林,迴飆扇綠竹。飛雨灑朝蘭,輕露棲叢菊。」(〈雜詩〉其二)「騰雲似湧煙,密雨如散絲。寒花發黃采,秋草含綠滋。」(〈雜詩〉其三)「翳翳結繁雲,森森散雨足。輕風摧勁草,凝霜竦高木。」(〈雜詩〉其

191

四）煙雲彌漫,細雨溟濛,草木含滋,山水凝肅。畫面之清幽,意境之深邈,令人品味不已。建安詩人也有寫雨之作。如曹植〈喜雨詩〉:「慶雲從北來,鬱述西南征。時雨中夜降。長雷周我庭。」然而體物未細,寫景不詳,遠不如張協詩之精巧形似。

西晉文人之中,張協的功名心較淡。為官時便已「清簡寡欲」,見「天下已亂」,更「遂棄絕人事,屏居草澤,守道不競,以屬詠自娛。」(《晉書·張載傳》附〈張協傳〉)其詩云:「結宇窮岡曲,耦耕幽藪蔭。荒庭寂以閑,幽岫峭且深。……養真尚無為,道勝貴陸沉。遊思竹素園,寄辭翰墨林。」(〈雜詩〉其九)表現的就是「屏居草澤,守道不競,以屬詠自娛」的隱逸生活。淡然塵外的情愫,屏居草澤的生活,使他能潛心遊目山水自然的百態千姿:「閒居玩萬物。」(〈雜詩〉其三)自然萬物,成為他審美寄情的對象。因此,他體物更細微,寫景更工巧。鍾嶸在眾多的西晉詩人中,特舉張協「巧構形似之言」,可謂獨具慧眼。

當然,形似之言並非張協專屬。鍾嶸說顏延之詩「源出陸機,尚巧似」,可知陸機詩也具有「尚巧似」的特徵。其實,陸機就十分強調對自然景物的審視:「窮覽物以盡齒。」(〈應嘉賦〉)「必妙代以遠覽。」(〈感丘賦〉)「瞻萬物而思紛。」「恒賭物而增酸。」對形式技巧的追求,使他更注意景物形相的摹寫:「期窮形而盡相。」(俱見〈文賦〉)「靈輝朝覯,稱物納照;時風夕灑,程形賦音。」(〈演連珠〉)其詩歌創作中,便甚

第三章　精慮造文　各競新麗

多窮形盡相的景物描寫:「和風飛清響,鮮雲垂薄陰。蕙草饒淑氣,時鳥多好音。翩翩鳴鳩羽,喈喈倉庚吟。幽蘭盈通谷,長秀被高岑。」(〈悲哉行〉)「凝冰結重澗,積雪被長巒。陰雲興岩側,悲風鳴樹端。」(〈苦寒行〉)「玄雲拖朱閣,振風薄綺疏。豐注溢修溜,潢潦浸階除。停陰結不解,通衢化為渠。」(〈贈尚書郎顧彥先〉其二)「回渠繞曲陌,通波扶直阡。嘉穀垂重穎,芳樹發華顛。」(〈答張士然〉)……這些景物描寫雖不如張協詩那般精微細緻,但也頗具摹狀之巧與形似之工,婉麗清新,意蘊自在。

形似之言的表現,在西晉文人寄情山水、思隱草澤的詩作中比比皆是:「綠葉映長波,回風容與動纖柯。」(傅玄〈蓮歌〉)「綠房含青實,金條懸白繆。俯仰隨風傾,煒燁照清流。」(陸雲〈失題〉)「輕條象雲構,密葉承翠幄。激楚佇蘭林,回芳薄秀木。」(陸機〈招隱詩〉)「芳蘭振蕙葉,玉泉湧微波。」(陸機〈招隱〉其一)「清泉蕩玉渚,文魚躍中波。」(同上,其二)「白雲停陰岡,丹葩曜陽林。石泉漱玉瑤,纖鱗或浮現。」(左思〈招隱〉其一)「弱條棲霜雪,飛榮流餘津。」(同上,其二)……風雲霜雪,水色山光,歷歷如在眼前;魚躍花香,林蔭泉湧,栩栩呼之欲出。形似之巧,誠當如此歟!

西晉文人的「巧構形似之言」,使中國詩歌的形象性描寫,在語言技巧方面躍上了一個新的高度。後世晉宋之際的「文貴形似」(《文心雕龍·物色》),正是承續西晉詩的巧構形似之風。西晉文人注重對事物外形的摹寫,無疑為南朝山水詩

193

「體物為妙」、「巧言切狀」、「曲寫毫芥」(同前)的創作,提供了極其寶貴的經驗。

三 擬古與創新

在中國詩歌發展史上,首興擬古之風的,當是西晉文人,[18] 而陸機正肇其端倪。陸機的擬古詩可分兩類。一類是擬古樂府,即用樂府舊題,模擬前人同題樂府詩的題材、題意,如擬曹操原作的〈苦寒行〉;一類即是擬〈古詩十九首〉所作的〈擬古詩十二首〉。對於陸機的擬古詩,後人評議頗多,有褒有貶,意見分歧:「陸(機)病不在多而在模擬,寡自然之致。」(王世貞《藝苑卮言》卷三)「陸士衡〈擬古詩〉名重當世,餘亦病其呆板。」(李重華《貞一齋詩說》)「士衡詩束身奉古,亦步亦趨,在法必安,選言亦雅,思無越畔,語無溢幅。造情既淺,抒響不高。擬古樂府,稍見蕭森;追步〈十九首〉,便傷平淺。」(陳祚明《采菽堂古詩選》卷十)「蘇、李〈十九首〉,每近於〈風〉。士衡輩以作賦之體行之,所以未能感人。」(沈德潛《古詩源》卷七)「陸士衡作〈擬古〉,而江文通述〈離體〉,雖華藻隨時,而體律相效。」(張表臣《珊瑚鉤詩話》卷一)「平原五言樂府,一味排比敷衍,間多硬句;且躡前人步伐,不能流露性情,均無足觀。」(黃子雲《野鴻詩的》)「士衡樂府,金石之音,風雲之氣,能令讀者驚心動魄。

---

[18] 正始時期的何晏雖有〈擬古〉詩一首,但只是孤立的現象,未成風氣。

雖子建諸樂府，且不得專美於前，他何論焉。」（劉熙載《藝概·詩概》）「平原擬古，步趨如一，然當其一致順成，便爾獨舒高調。一致則淨，淨則文，不問創守，皆成獨構也。」（王夫之《古詩評選》卷四）

相比之下，「貶」的聲音大大壓過了「褒」的聲音。雙方的意見似乎都言之有理，但又似乎都說不到點子上。

癥結何在？

依我之見，以上論者大都忽視、或者說沒有深入探析如下三個問題：一、西晉文人擬古的目的；二、擬古與西晉文壇風尚的關係；三、西晉的擬古與中國詩歌發展進程的關係。以下將針對這些問題試作初步的探討。

在探討這些問題之前，讓我們先看看西晉以前的擬作風氣。雖然詩歌的擬古興發於西晉，但在辭賦方面，漢代已有「擬作」之風。《漢書·揚雄傳》說揚雄「又旁（仿）〈離騷〉作重一篇，名曰〈廣騷〉。又旁（仿）〈惜誦〉以下至〈懷沙〉一卷，名曰〈畔牢愁〉。」又云：「先是蜀有司馬相如作賦甚弘麗，雄心壯之，每作賦，常擬之以為式。」這種「擬之以為式」的風氣盛行於東漢賦家之中。揚雄的〈甘泉賦〉、〈羽獵賦〉、〈長揚賦〉、〈河東賦〉等，就明顯可見擬仿司馬相如賦的痕跡。枚乘一篇〈七發〉，更成為後來眾多賦家擬仿的對象，以致《文選》專門分立「七」一體。[19] 辭賦創作中的這種

---

[19] 參見傅玄〈七謨序〉云：「昔枚乘作〈七發〉，而屬文之士若傅毅、劉廣世、崔駰、李尤、桓麟、崔琦、劉梁、桓彬之徒，承其流而作之者紛焉：〈七

「擬之以為式」風氣相沿至晉。如傅玄便有〈擬天問〉、〈擬招魂〉，潘岳有擬仿建安文人的〈寡婦賦〉，[20] 陸機則依仿漢人而作〈遂志賦〉。西晉詩歌的「擬古」，顯然跟辭賦創作中的「擬之以為式」風氣有關。

那麼，「擬之以為式」的目的是什麼？其作用何在？王瑤認為：「這本來是一種主要的學習屬文的方法，正如我們現在的臨帖學書一樣。前人的詩文是標準的範本，要用心地從裏面揣摩，模仿，以求得其神似。」[21] 王瑤的看法甚有道理。劉勰《文心雕龍‧體性》篇曾說：「夫才有天資，學慎始習……故童子雕琢，必先雅制，……故宜摹體以定習，固性以練才。」可見劉勰也認為「摹體」是學習作文的主要方法。陸機也有類似的說法：「昔崔篆作詩以明道述志，而馮衍又作〈顯志賦〉，班固作〈幽通賦〉，皆相依仿焉。張衡〈思玄〉，蔡邕〈玄表〉，張叔〈哀系〉，此前世之可得言者也。……余備托作者之末，聊複用心焉。」(〈遂志賦序〉) 陸機「用心」所在，便是揣摩、學習前人的創作經驗。陸機屬於「才有天資」的人

激〉、〈七興〉、〈七依〉、〈七款〉、〈七說〉、〈七蠋〉、〈七舉〉、〈七設〉之篇，於是通儒大才馬季長、張平子，亦引其源而廣之。馬作〈七厲〉，張造〈七辨〉。……垂於後世者，凡十有餘篇。自大魏英賢迭作，有陳王〈七啟〉、王氏〈七釋〉、楊氏〈七訓〉、劉氏〈七華〉、從父侍中〈七誨〉，並陵前而逸後，揚清風於儒林，亦數篇焉。」
[20] 潘岳〈寡婦賦〉云：「昔阮瑀既沒，魏文悼之，並命知舊作〈寡婦〉之賦，余遂擬之。」
[21] 王瑤〈擬古與作偽〉，見《中古文學史論集》(上海：上海古籍出版社，1982)，頁73。

中之傑，[22] 但仍十分注意「學慎始習」。《晉書·陸機傳》載：「（陸機）年二十而吳滅，退居舊里，閉門勤學，積有十年。」在〈文賦〉中，陸機就提出要重視前人文學遺產，並從中吸收有益的創作經驗：「詠世德之駿烈，誦先人之清芬；遊文章之林府，嘉麗藻之彬彬。」「收百世之闕文，采千載之遺韻。」「故作〈文賦〉以述先士之盛藻，因論作文之得害所由，他日殆可謂曲盡其妙。」可以說，陸機及其他西晉文人的擬古，也就是一種學習前人文學遺產的具體表現形式，是一條從創作中學習創作的途徑。

然而，西晉文人的擬古目的不僅在於此。也就是說，西晉文人的擬古並不是一種「踵前人步伐」（黃子雲語），亦步亦趨的機械學習方式，其目的也不在於「以求得其神似」（王瑤語）。亦步亦趨固然沒出息，「求得神似」也只不過是原作的翻版——儘管是精緻的翻版。這顯然與「精慮造文，各競新麗」的文壇風尚格格不入。因此，要瞭解西晉文人的擬古目的，還必須分析它跟當時文壇風尚的關係。

西晉文人的擬古與當時文壇風尚的關係，倒可以說是「亦步亦趨」——十分的和諧一致。

西晉文壇尚「新麗」，而西晉詩的擬古也志在求「新」。陸機在〈文賦〉中，就明確地表示：「襲故而彌新」！即擬古的最終目的是為了創新。[23] 但是，西晉擬古詩的創新也不是意

---

[22] 《晉書·陸機傳》：「（陸機）少有異才，文章冠世。」
[23] Chen Shou-yi也特別指出了這一點。但他認為陸機提倡的擬古是扼殺個性的

味著要全面超越原作。如陸機〈擬古十二首〉所擬的原作〈古詩十九首〉，被鍾嶸高度評價為「文溫以麗，意悲而遠，驚心動魄，可謂幾乎一字千金！」(《詩品》上）要全面超越這樣的原作，顯然是不可能的。陸機也無疑清醒地認識到這一點。因此，他的擬古詩創作揚長避短，在某些方面盡其所長，以局部的突破達到創新的目的。

西晉擬古詩的創新主要體現在兩個方面：表現手法與語言風格。

在表現手法方面，西晉擬古詩加強了景物與形象的描寫，並以之與情感的抒發結合。因此，擬古的情思表達，較之原作更為含蓄、婉轉而細膩。如陸機的〈擬明月何皎皎〉：

> 安寢北堂上，明月入我牖。照之有餘輝，攬之不盈手。涼風繞曲房，寒蟬鳴高柳。踟躕感節物，我行永已久。遊宦會無成，離思難常守。

陸機的擬古詩與原作同樣是以月夜思親為主題。原作的景物描寫，僅有「明月何皎皎，照我羅床幃」一聯，而陸機擬詩除了「明月入我牖」外，更擴展為下面「照之有餘輝，攬之不盈手。涼風繞曲房，寒蟬鳴高柳」四句。「涼風」、「寒蟬」

(kills individuality)。對這說法，我不能完全接受，因為陸機的擬古詩雖然會限制個性的充分發揮，但並沒有達到「扼殺個性」的嚴重地步（詳見下文分析）。Chen Shou-yi的論述見其所著 *Chinese Literature: A Historical Introduction* (New York: The Ronald Press Company, 1961), p. 159.

第三章 精慮造文 各競新麗

二句,強化了月夜的淒寒氣氛,以此渲染、映襯出遊子的淒傷情懷;而風涼蟬鳴的景候節運變化,更致使遊子深感時光易逝、遊宦無成,思親念歸之情油然而起;「照之有餘輝,攬之不盈手」的描寫,愈顯得新巧空靈、蘊意雋永。望月懷鄉,睹月思人,是中國人寄託情思的古老傳統方式。皎潔的月亮也常被用來形容美麗的女性,宋玉就曾以「皎若明月舒其光」(〈神女賦〉)來描繪神女的丰姿豔采。因此,「照之有餘輝,攬之不盈手」這生動的形象描寫,蘊含著綿綿不盡的情思:朗月高照,月色溶溶,山長水遠,共此餘輝;故鄉之思,佳人之念,無不融注在攬不盈手的皎潔月光之中。主人公欲攬月光的動作,超乎常理卻深契人情:睹月思親,視月若人,故而把手攬月,正是情到深處人癡迷的自然表現。一個「攬月」的細節,便已寫活了一個情癡意迷的遊子形象。

陸機的樂府詩〈苦寒行〉,擬仿曹操的同題樂府詩。曹操的原作雖然也有景物的描寫,但主要是表現艱苦的軍旅生活情形。而陸機的擬作,卻以大部分篇幅來描繪行役途中的景象:

> 北遊幽朔城,涼野多險難。俯入窮谷底,仰陟高山盤。凝冰結重澗,積雪被長巒。陰雲興岩側,悲風鳴樹端。不睹白日景,但聞寒鳥喧。猛虎憑林嘯,玄猿臨岸歎。夕宿喬木下,慘愴恒鮮歡。渴飲堅冰漿,饑待零露餐。離思固已久,寤寐莫與言。劇哉行役人,慊慊恒苦寒。

199

這些景象是那麼陰森、險惡、怖厲，因此，陸機擬詩雖然沒有曹操原作那麼強烈而頻繁的感情抒發（如「北上太行山，艱哉何巍巍」「延頸長歎息，遠行多所懷，我心何怫鬱，思欲一東歸」），但是在景物的形象描寫中，其實已貫注了「劇哉行役人，慊慊恒苦寒」的慘愴哀情。

傅玄的〈擬四愁詩〉也採取與張衡原作相同的主題。張衡原作主要是表現睹信物而傷情，極少有具體的景物描寫。如：「一思曰，我所思兮在太山。欲往從之梁甫艱，側身東望涕沾翰。美人贈我金錯刀，何以報之英瓊瑤。路遠莫致倚逍遙，何為懷憂心煩勞。」（其一）而傅玄擬詩則把重點放在景物的表現上。如：「我所思兮在瀛洲，願為雙鵠戲中流。牽牛織女期在秋，山高水深路無由。潛予不邁嬰殷憂，佳人貽我明月珠。何以要之比目魚，海廣無舟悵勞劬。寄言飛龍天馬駒，風起雲披飛龍逝。驚波滔天馬不厲，何為多念心憂世。」（其一）寫景雖繁，卻不雜亂，眾多的意象，皆隱喻著同一相思主題，情思的抒發更顯得起伏跌宕而婉轉曲折。

前文已分析過，重感情抒發和重物象描寫是西晉詩歌創作的兩大特徵。可見，西晉擬古詩加強景物形象描寫，以表達含蓄婉轉的情思，正是迎合了當時詩壇的創作風尚。

另外，擬古詩表現手法的創新，還體現為對某些修辭手法的巧妙運用。如古詩〈行行重行行〉，前六句用樸實的鋪 手法表現離情別緒：「行行重行行，與君生別離，相去萬餘里，各在天一涯。道路阻且長，會面安可知？」而陸機的擬作，卻

第三章　精慮造文　各競新麗

明顯在修辭手法方面進行了創新:「悠悠行邁遠,戚戚憂思深。此思亦何思,思君徽與音。音徽日夜離,緬邈若飛沉。」這裏不僅是前二句用了疊字,更重要的是後四句運用了「頂針」的修辭手法。「頂針」手法的運用,不僅在字面上造成蟬連緊湊的語感,而且還形成一股內在的迴旋貫注的氣韻流動,恰如其分地表達了思婦內心百轉纏結的離愁。

尤其值得注意的,是「通感」手法在西晉擬古詩歌創作中的運用。錢鍾書曾把陸機〈擬西北有高樓〉中的「芳氣隨風結,哀響馥若蘭」視為「通感」的典型例子。[24] 音樂美本是聽覺的感受,陸機卻用嗅覺來表現。在他的筆下,悠揚的琴聲,卻在隨風飄蕩中,散發出陣陣芳香;在〈擬今日良宴會〉中,陸機則用視覺感受來表現聽覺感受的對象:「高談一何綺,蔚若朝霞爛。」豐富多彩的高談,轉化為絢麗燦爛的朝霞;而〈擬明月何皎皎〉中的「照之有餘輝,攬之不盈手」,也無疑運用了通感的手法,能看見卻又無形的月光,可以「攬之不盈手」。陸機正是用這種有悖常理的描寫,表現出一個似幻似真、若隱若現的意境,藉以強化主人公那種相思未相逢,可盼不可即的痛苦。〈古詩十九首〉並沒有任何「通感」的例子。陸機擬詩對「通感」手法的巧妙運用,正是有意識的創新表現。

西晉擬古詩另一個方面的創新,便是追求綺麗的語言風

---

[24] 錢鍾書《舊文四篇》(上海:上海古籍出版社,1979),頁55。

201

格。如前所述,西晉詩歌最突出的特點,就是綺辭麗藻。這個特點在擬古詩中也同樣表現得十分鮮明。有人批評西晉擬古詩「意不出原詩,只略為變換詞句而已。」[25] 如果除去批評者的貶責之義,此話說得倒挺恰當。西晉擬古詩正是不求「出意」而求「變詞」,力求以綺麗的語言風格出奇創新。如果說西晉擬古詩對原作有什麼突破與超越,主要就體現在這個方面。從前面所引的擬古詩例中,就明顯可見綺辭麗藻的表現。再看下面兩首陸機的擬作:

上山采瓊蕊,穹谷饒芳蘭。采采不盈掬,悠悠懷所歡。故鄉一何曠,山川阻且難。沉思鍾萬里,躑躅獨吟歎。(〈擬涉江采芙蓉〉)

冉冉高陵蘋,習習隨風翰。人生當幾時,譬彼濁水瀾。戚戚多滯念,置酒宴所歡。方駕振飛轡,遠遊入長安。名都一何綺,城闕鬱盤桓。飛閣纓虹帶,曾台冒雲冠。高門羅北闕,甲第椒與蘭。俠客控絕景,都人驂玉軒。遨遊放情願,慷慨為誰歎。(〈擬青青陵上柏〉)

擬作確實不如原作清新自然和渾厚深沉,但綺麗的語言風格卻表現得十分鮮明。如「瓊蕊」、「芳蘭」、「沉思鍾萬里,躑躅獨吟歎」、「飛閣纓虹帶,曾台冒雲冠」等詞語的運

---

[25] 游國恩等《中國文學史》〔一〕(北京:人民文學出版社,1979),頁230。

用,頗見擬作者求麗尚巧之匠心。「采采不盈掬,悠悠懷所歡」二句,化用《詩經‧周南‧卷耳》的句子,不僅文采麗雅,而且詩味雋永。「飛閣纓虹帶,曾台冒雲冠」及前面所引的「照之有餘輝,攬之不盈手」,「陰雲興岩側,悲風鳴樹端」等,尤其是引人注目的佳句,與不可句摘的古詩原作相比,這也是擬詩在語言形式上的一個突破與創新。

當然,西晉的擬古詩畢竟是擬作,它必然受到原作的諸多制約。因而,在整體意境氛圍的營造,真實生活感受的傾注方面,確實不如原作。綺辭麗藻的運用,也時有蛇足之累。然而,擬古詩在表現手法與語言以及風格上的創新,也確實取得了一定的成就。陸機的〈擬古詩十二首〉,就被鍾嶸譽為「篇章之珠澤,文采之鄧林。」(〈詩品序〉)在「精慮造文,各競新麗」的西晉文壇,陸機的〈擬古詩十二首〉能名重一時,並非偶然。

從中國詩歌發展進程的角度看,西晉文人在模仿中學習,在擬古中創新,也是一個有積極意義的創舉。西晉之後,陶淵明、謝靈運、鮑照、江淹等六朝詩人,皆有相當數量的擬古詩作。[26] 唐代的李白、杜甫、白居易等,既是創新的名家,又都是擬作的高手。西晉文人「襲故而彌新」的影響,實在不容忽視!

---

[26] Stephen Owen指出,南朝的一些詩人熱衷於擬作建安正始詩,但這些擬古詩並非是自我表現的產物,而只是作為文學訓練的精緻的仿製品。Owen的話雖略有貶義,卻也指出了南朝詩人擬古以追求形式精緻的創新目的。見 *The Poetry of the Early T'ang* (New Haven and London: Yale University press, 1977), p. 8.

對於西晉詩歌，後世多有譏評。較有代表性的，便是指出「晉氏之風，本之魏焉」的明代徐禎卿。其《談藝錄》云：「『詩緣情而綺靡』則陸生之所知，固魏詩之渣穢耳。嗟夫！文勝質衰，本固末異，此聖哲所以感歎，翟、朱所以興哀者也。夫欲拯質，必務削文，欲反本，必資去末。是固曰然。然非通論也。玉韞於石，豈曰無文？淵珠露采，亦匪無質。由質開文，古詩所以擅巧；由文求質，晉格所以為衰。若乃文質雜興，本末並用，此魏之失也。故繩漢之武，其流也猶至於魏；宗晉之體，其敝也不可以悉矣。」建安詩歌的「骨氣奇高，詞采華茂，情兼雅怨，體被文質」（《詩品》上），在徐氏眼中成了「文質雜興，本末並用」的過失。西晉人繼承魏風而提倡「詩緣情而綺靡」，更被認為是得「魏詩之渣穢」；「文勝質衰」與「由文求質」被指為晉格衰敝的表現。

其實，西晉詩壇的情形並非如此。徐氏以「緣情說」為其批駁的對象，故其所謂「由文求質」之「質」，當主要指「情」；「由文求質」，即「為文而造情」（《文心雕龍·情采》）之意。從本章第二節的分析可見，西晉文人的抒情詩，從總體上看並非是「苟馳誇飾，鬻聲釣世」（同前）的「造情」之作。相反，不少篇章倒可稱得上是「文生於情，情生於文」[27]的文情相生佳作。可見，「由文求質」的批評，並沒又多少事實根據。至於「文勝質衰」，則有必要認真辨折。從整個西晉

---

[27] 《世說新語·文學》：「孫子荊（即孫楚）除婦服，作詩以示王武子。王曰：『未知文生於情，情生於文？覽之淒然，增伉儷之重。』」

文壇的風氣與詩歌創作實際看,確實有重文重美的傾向。然而,首先要澄清的是,西晉詩重文卻沒有「質衰」——如果「質」不意味著「經」「道」的話。其次,也是最關鍵的是,西晉文人的重文、重美——重詩歌藝術追求的傾向,是當時文學自覺時代的必然產物,是歷史的必然要求。毫無疑問,文學的本質是藝術的,以審美為其旨歸。因此,文學的自覺,不僅意味著要擺脫宗經載道的束縛而獨立,還意味著必須超越質木無華的「童年」而走向藝術美的成熟。建安文學掀開了文學自覺的序幕,而西晉文人對詩歌藝術美的大力追求,則促使文學自覺的發展進程「漸入佳境」。在整個中國詩歌發展史中,西晉文人是第一次如此高度重視並大力追求詩歌的藝術美。從這個意義上來說,重文、得美,正是西晉文人順應時代潮流發展的積極表現。葛洪清醒地認識到這一點:「古者事事醇素,今則莫不雕飾,時移世改,理自然也。」(《抱朴子・鈞世》)

由此可見,「緣情而綺靡」的西晉詩歌,顯然功大於過。其「緣情」「綺靡」的詩歌創作主張,影響了後世歷代的眾多詩人。南朝詩人正是高揚著「緣情」「綺靡」的旗幟,而掀起唯美詩歌的高潮。

總而言之,沒有西晉文人的努力與成就,便沒有南朝唯美詩歌的興盛與繁榮。

魏晉詩歌的審美觀照　下編

結　語

　　通過本書的論述可見，魏晉唯美詩歌雖然有這樣或那樣的缺陷，但就文學自身的發展而言，魏晉唯美詩歌顯然是功大於過；其「功」至少可概括為如下三點：

一　文學理論的建構

　　從建安詩人的「詩賦欲麗」（曹丕〈典論・論文〉），到西晉詩人的「詩緣情而綺靡」（陸機〈文賦〉），顯示了魏晉詩人對文學本質——「美」的認識過程與探索過程，這也正是文學觀念自覺及日漸成熟的根本保證。以此為出發點，魏晉詩人對詩歌體裁、構思、語言、結構乃至聲律，都進行了不同程度的理論探討，從而建構了中國詩歌最初的理論框架，這個框架的根本核心也仍然是「美」。

　　正始名士則將哲理思辨與文學思維相結合，在創作觀念、審美意識以及表達方式方面，為中國詩歌理論的建設開闢了一片新的天地。此外，魏晉詩人所提倡的詩「緣情」說，更進一步強化了中國詩歌內在蘊涵美的表現力，對後世詩歌的發展產生了十分深遠的影響。這一切，既是文學自覺的表現，也是魏晉唯美詩風興起及發展的基礎。同時，還為南朝文學觀念的成熟與唯美文論的繁榮（如文筆之爭、言意之辨、聲律之說等）

開了先風；而從根本上說，中國的詩歌藝術也正是由此得到了極大的促進與發展。

二　創作題材的開拓

　　魏晉唯美詩歌的創作題材甚是廣泛：遊子、思婦、宴娛、美色、隱逸、游仙、玄言、山水、詠物等等，皆是魏晉唯美詩歌常用的創作題材。較之前代（如先秦兩漢），魏晉唯美詩歌的題材確實可以說是豐富多樣，大大拓展了詩歌的表現領域。這些題材，尤其是遊子思婦、宴娛美色以及山水詠物等，更成為後世唯美詩歌的主要表現內容。如南朝唯美詩歌的兩大主潮——山水詩與宮體詩，就是承續魏晉唯美詩歌的題材發展而成。或許人們會注意到，魏晉唯美詩歌這些題材所反映的，幾乎都是魏晉文人的個人情感與生活以及自然景物，甚少政治、社會、民生等深刻內容；換言之，表現為思想內容淡薄而藝術形式精美。但我們也必須承認，魏晉唯美詩歌所表現的內容題材，雖然不那　深刻，卻也從不同角度、不同層面折射出社會的真實與時代的精神；而且，這些內容題材都是密不可分地與唯美的藝術形式有機結合的。這也正是魏晉唯美詩歌具有蓬勃生命力的關鍵所在。

三　藝術技巧的探索

　　藝術技巧的探索是魏晉唯美詩歌創作的突出表現與貢獻。

結語

　　在詩歌創作實踐中,魏晉詩人對詩歌的語言、結構、體裁、句式、對仗、聲律,乃至意象組合、修辭手法的運用,都進行了多方面的探索。使魏晉詩歌不斷地朝著雅美化、精緻化的方向演進發展。尤其值得注意的是,魏晉詩人在創作實踐中對藝術技巧的探索,往往上升為理論批評的總結;反過來,在理論批評的指導下,他們更能自覺積極地進行藝術技巧的多方探索。如建安詩人曹丕、曹植等在詩中對語言、結構、對仗乃至聲律等藝術技巧的唯美探索與運用,顯然就是「詩賦欲麗」文學主張的體現與影響;正始詩人在詩歌創作中對意象組合的多方面探索,也與「言意之辨」理論的指導不無關係;西晉詩歌在藝術形式方面的飛躍進步,便是由於西晉詩人對詩歌藝術技巧運用的廣泛重視與強調:「其為物也多姿,其為體也屢遷,其會意也尚巧,其遣言也貴妍。暨音聲之迭代,若五色之相宜。」(陸機〈文賦〉)「選義按部,考辭就班」(同前)「赴曲之音,洪細入韻;蹈節之容,俯仰依詠。」(陸機〈五等論〉)這一切也正是文學自覺意識在創作實際中的具體表現。這種表現,對南朝詩歌的發展影響甚大。南朝唯美詩風昌盛,很大程度便正是南朝詩人在日益完善的文學觀念的指導下,積極、出色地運用各種藝術技巧進行創作的結果。

　　總的來說,魏晉唯美詩歌的發展,是跟文學的自覺與日漸成熟同步進行的;換言之,魏晉唯美詩歌,最能體現中國文學自覺時期,文學自身發展的根本規律性。因此,它對中國詩歌藝術發展的貢獻是不容忽略的,它對後世詩歌的影響是不可輕

視的;它在中國詩歌發展史中的地位更是不宜否定的。

參考書目

中文書目

1. 《二十五史》（香港：香港文學研究社，1959）。
2. 丁晏《曹集詮評》（北京：文學古籍刊行社，1957）。
3. 丁福保《歷代詩話續編》（北京：中華書局，1983）。
4. 丁福保《全漢三國晉南北朝詩》（北京：中華書局，1959）。
5. 方玉潤《詩經原始》（臺北：藝文印書館，1960）。
6. 王士禎《古夫於亭雜錄》（北京：中華書局，1988）。
7. 王士禎《帶經堂詩話》（北京：人民文學出版社，1982）。
8. 王夫之《船山遺書全集》（臺北：自由出版社，1972）。
9. 王伯祥《春秋左傳讀本》（香港：中華書局股份有限公司，1959）。
10. 王弼著，樓宇烈校注《王弼集校注》（北京：中華書局，1980）。
11. 王國瓔《中國山水詩研究》（臺北：聯經出版事業公司，1986）。
12. 王鍾陵《中國中古詩歌史》（南京：江蘇教育出版社，1988）。
13. 王逸《楚辭章句》（臺北：藝文印書館，1967）。
14. 王葆玹《正始玄學》（濟南：齊魯書社，1987）。
15. 王夢鷗《禮記校證》（臺北：藝文印書館，1976）。

16. 北京大學中國文學史教研室《魏晉南北朝文學史參考資料》（北京：中華書局，1963）。
17. 北京大學哲學系美學教研室《中國美學史資料選編》（北京：中華書局，1982）。
18. 白居易著，顧學頡校點《白居易集》（北京：中華書局，1981）。
19. 《四部叢刊初編》（上海：商務印書館，無出版時間）。
20. 朱東潤編《中國歷代文學作品選》（上海：上海古籍出版社，1980）。
21. 成復旺《神與物遊——論中國傳統審美方式》（北京：中國人民大學出版社，1989）。
22. 阮籍著，陳伯君校注《阮籍集校注》（北京：中華書局，1987）。
23. 李澤厚、劉紀綱《中國美學史》（北京：中國社會科學出版社，1987）。
24. 何文煥《歷代詩話》（北京：中華書局，1982）。
25. 沈德潛《古詩源》（北京：文學古籍出版社，1957）。
26. 范文瀾《中國通史》（北京：人民出版社，1987）。
27. 林徐典《先秦哲理散文》（新加坡：新加坡國立大學中文系，1982）。
28. 河北師範學院中文系古典文學教研室《三曹資料彙編》（北京：中華書局，1980）。
29. 《易學精華》（上海：齊魯書社，1990）。
30. 柯慶明、曾永義《中國文學批評資料彙編——兩漢魏晉南北朝》（臺北：成文出版社，1978）。
31. 俞劍華《中國畫論類編》（香港：中華書局香港分局，1973）。

32. 胡經之《文藝美學》（北京：北京大學出版社，1989）。
33. 胡應麟《詩藪》（北京：中華書局，1958）。
34. 胡國瑞《魏晉南北朝文學史》（上海：文藝出版社，1980）。
35. 紀昀等《文淵閣四庫全書》（臺北：臺灣商務印書館，1986）。
36. 高亨《周易古經今注》（北京：中華書局，1984）。
37. 郭紹虞主編《中國歷代文論選》（上海：上海古籍出版社，1979）。
38. 袁枚注，顧學頡校點《隨園詩話》（北京：人民文學出版社，1982）。
39. 袁濟喜《六朝美學》（北京：北京大學出版社，1989）。
40. 徐志嘯《歷代賦論輯要》（上海：復旦大學出版社，1991）。
41. 徐復觀《中國藝術精神》（瀋陽：春風文藝出版社，1987）。
42. 乾豐譯，凱・埃・吉伯特等著《美學史》（上海：譯文出版社，1989）。
43. 馮達文《中國哲學的探索與困惑——殷商—魏晉》（廣州：中山大學出版社，1989）。
44. 張彥遠《歷代名畫記》（北京：人民美術出版社，1983）。
45. 張溥著，殷孟倫注《漢魏六朝百三家集題辭注》（北京：人民文學出版社，1981）。
46. 46 逯欽立輯校《先秦漢魏晉南北朝詩》（北京：中華書局，1983）。
47. 蕭統編，李善注《文選》（北京：中華書局，1990）。

48. 曹植著，趙幼文校注《曹植集校注》（北京：人民文學出版社，1984）。

49. 魯迅《魯迅全集》第九卷（北京：人民文學出版社，1973）。

50. 殷翔等注《嵇康集注》（合肥：黃山書社，1986）。

51. 陸侃如《中古文學系年》（北京：人民文學出版社，1985）。

52. 陸侃如、馮沅君《中國詩史》（香港：古文書局，1961）。

53. 蔣述卓《佛經傳譯與中古文學思潮》（南昌：江西人民出版社，1990）。

54. 游國恩等《中國文學史》（北京：人民文學出版社，1979）。

55. 萬繩楠《魏晉南北朝文化史》（合肥：黃山書社，1989）。

56. 葉朗《中國美學史大綱》（上海：人民出版社，1987）。

57. 湯一介《郭象與魏晉玄學》（武漢：湖北人民出版社，1983）。

58. 賈文昭《中國古代文論類編》（福州：海峽文藝出版社，1990）。

59. 鄧仕樑《兩晉詩論》（香港：中文大學出版社，1972）。

60. 鄭孟彤《建安風流人物》（太原：山西人民出版社，1989）。

61. 《諸子集成》（北京：中華書局，1954）。

62. 劉大基等譯，蘇珊・朗格著《情感與形式》（北京：中國社會科學出版社，1986）。

63. 劉義慶撰，楊勇校《世說新語校箋》（香港：大眾書局，1969）。

64. 劉大杰《中國文學發展史》(上海:上海古籍出版社,1982)。
65. 劉永濟《十四朝文學要略》(哈爾濱:黑龍江人民文學出版社,1984)。
66. 劉師培《中國中古文學史》(香港:商務印書館,1958)。
67. 劉熙載《藝概》(上海:上海古籍出版社,1982)。
68. 劉勰著,範文瀾注《文心雕龍注》(臺北:臺灣開明書店,1959)。
69. 劉麟生《中國文學八論》(香港:南國出版社,無出版時間)。
70. 錢世明《易象通說》(北京:華夏出版社,1989)。
71. 錢鍾書《管錐篇》(北京:中華書局,1979)。
72. 鍾優民《中國詩歌史——魏晉南北朝》(長春:吉林大學出版社,1989)。
73. 譚家健主編《中國文化史概要》(北京:高等教育出版社,1990)。
74. 羅立乾《鍾嶸詩歌美學》(臺北:東大圖書股份有限公司,1990)。
75. 羅宗強《玄學與魏晉士人心態》(杭州:浙江人民出版社,1991)。
76. 嚴可均編《全上古三代秦漢三國六朝文》(臺北:世界書局,1969)。
77. 嚴靈峰編《莊子集成初編》(臺北:藝文印書館,1972)。

英文書目

BOOKS:

1. Chen Shou-yi, Chinese Literature: A Historical Introduction (New York: Ronald Press Company, 1961).
2. Chen, Yu-shih, Images and Ideas in Chinese Classical Prose (Stanford, California: Stanford University Press, 1988).
3. Frankel, Hans H., The Flowering Plum and the Palace Lady: Interpretation of Chinese Poetry (New Haven and London: Yale University Press, 1976).
4. Frodsham, J.D., The Murmuring Stream (Kuala Lumpur: University of Malaya Press, 1967).
5. Hightower, James R., Topics in Chinese Literature (Cambridge: Harvard University Press, 1962).
6. Hill, Brian (tr.), Gentle Enchanter (Soho Square, London: Rupert Hart-davis, 1960).
7. Liu, James J.Y., Chinese Theories of Literature (Chicago: University of Chicago Press, 1975).
8. 8 Liu, James J.Y., The Art of Chinese Poetry (London: Routledge and Kegen Paul Ltd., 1962).
9. Murry, J. Middleton, The Problem of Style (London: Oxford University Press, 1930).
10. Owen, Stephen, The Poetry of the Early *T'ang* (New Haven and London: Yale University Press, 1977).
11. Sun Chang, Kang-i, Six Dynasties Poetry (New Jersey: Princeton University Press, 1986).
12. Watson, Burton, Chinese Lyricism: *Shih* Poetry from the Second to the Twelfth Century, with Translation (New York: Columbia University Press, 1971).

13. Yu, Pauline, The Reading of Imagery in the Chinese Poetic Tradition (New Jersey: Princeton University Press, 1987).

ARTICLES:

1. Baxter, Glen William, "Metrical Origins of the *Tz'u*", in John L.Bishop(ed.), Studies in Chinese Literature (Cambridge, Massachusetts: Harvard University Press, 1966).

2. Cutter, Robert J., "*Cao Zhi's* (192-232) Symposium Poems", Chinese Literature: Essays, Articles, Reviews (Sponsoring Institutions: Indiana University, The University of Minnesota, & The University of Wisconsin), Vol. 6, No.1 and 2 (July 1984).

3. Eoyang, Eugene, "Moments in Chinese Poetry: Nature in the World and Nature in the Mind", in Ronald C. Miao (ed.), Studies in Chinese Poetry and Poetics, Vol. 1 (San Francisco: Studies in Chinese Materials Center Inc., 1978).

4. Hawkes, David, "The Quest of the Goddess", in Cyril Birch (ed.), Studies in Chinese Literary Genres (Berkeley, Los Angeles, and London: University of California Press, 1974).

5. Hightower, James R., "The *Fu* of *T'ao Ch'ien*", in John L. Bishop (ed.), Studies in Chinese Literature (Cambridge, Massachusetts: Harvard University Press, 1966).

6. Hightower, James R., "The *Wen Hsuan* and Genre Theory", in John L. Bishop (ed.), Studies in Chinese Literature (Cambridge, Massachusetts: Harvard University Press, 1966).

7. Hill, Brian, "Introduction", in Brian Hill (tr.), Gentle Enchanter (Soho Square, London; Rupert Hart-davis, 1960).

8. Kwong, Yim-tze, "Naturalness and Authenticity: The Poetry of *Tao Qian*", Chinese Literature: Essays, Articles, Reviews (Sponsoring Institutions: Indiana University, The University of Wisconsin, and Washington University),Vol.11, (Dec.1989).

9. Miao, Ronald C., "Palace-style Poetry: The Courtly Treatment of Glamour and Love", in Ronald C. Miao (ed.), Studies in

Chinese Poetry and Poetics, Vol.1 (San Francisco: Chinese Materials Center Inc., 1978).

10. Poe, Edgar Allan, "The Poetic Principle", Edgar Allan Poe: Essays and Reviews (New York: Literary Classics of the United States, Inc., 1984).

11. Wilde, Oscar, "The Critic as Artist", The Complete Works of Oscar Wilde, Vol.5 (Garden City, New York: Doubleday, Page and Company, 1923).

12. Wilde, Oscar, "The Decay of Lying", The Complete Works of Oscar Wilde, Vol.5 (Garden City, New York: Doubleday, Page and Company, 1923).

國家圖書館出版品預行編目資料

魏晉詩歌的審美觀照／王力堅著. -- 初版. -- 臺北縣永和市：Airiti Press, 2010.10
　面；　公分
參考書目：面
ISBN 978-986-6286-23-0　（平裝）

1.中國詩　2.詩評　3.六朝文學

820.9103　　　　　　　　　99016185

魏晉詩歌的審美觀照（修訂版）

作　　者／王力堅	出版者／Airiti Press Inc.
總 編 輯／張　芸	臺北縣永和市成功路一段80號18樓
責任編輯／古曉凌	電話／(02)2926-6006　傳真／(02)2231-7711
鄭家文	服務信箱／press@airiti.com
版面構成／吳雅瑜	帳戶／華藝數位股份有限公司
封面設計／吳雅瑜	銀行／國泰世華銀行　中和分行
內文校對／薛雯珊	帳號／045039022102
	法律顧問／立暘法律事務所　歐宇倫律師
	Ｉ Ｓ Ｂ Ｎ／978-986-6286-23-0
	出版日期／2010年10月初版
	定　　價／NT$ 350元

版權所有・翻印必究　　Printed in Taiwan